修訂二版

每天1⃝
10 min
聽聽日本人
怎麼說

林潔珏 著

您的日語聽力學習書實用嗎？

　　大多數學習外語者共通的終極目標不外乎人與人之間實際的溝通，要達到這個目標，學習的內容就必須講求實用性。就目前坊間的日語學習書來看，的確有不少強調實用的生活日語學習書籍，無庸置疑，想和日本人溝通，學習實用的日語表達是非常重要的。不過人與人之間的溝通，並非「一方通行」（單行道），「正確聽取」和「正確表達」一樣重要。很遺憾的是市面上針對日語檢定聽力測驗的書籍雖繁不勝數，但把重點放在生活化、實用性的聽力書籍卻不多見，這也是我撰寫此書的原始動機。

　　承蒙讀者的愛顧與支持，我在2010年1月出版的生活日語學習書《絕對實用！日本人天天說的生活日語》有不錯的銷售量，可見大家對生活日語的重視。為協助讀者生活日語聽力學習的不足，我將旅居日本20餘年的生活體驗，歸納統整成77個短篇錄音，錄音的內容都是生活上出現頻率極高的各種場面，相信透過錄音的反覆聆聽，就能達到聽力訓練「耳熟能詳」的最終目標。

　　曾經造訪日本或實際與日本人交談的朋友或許都有這樣的經驗，那就是對公共設施的廣播或說話者的內容往往不是一知半解，就是不知所云。其實不論是廣播還是一般日常的會話，幾乎都有規則可循。只要您透過本書了解這些規則，很快就會有撥雲見日，豁然開朗的舒暢感。

回想20多年前，初來乍到日本的我，對滿嘴都是鹿兒島方言的公婆可真是百般無奈，我們不是雞同鴨講，就是各說各話。雖然我沒有特地去學習鹿兒島方言，但經過一年的相處，不僅聽得懂，還能替不懂鹿兒島方言的日本人翻譯呢。這也讓我領會出只要活用下面三個訣竅，就能訓練出好聽力。

　　第一，要善於聽取重點。本書各篇篇頭的重點提示，可讓您熟悉這類型的會話哪裡是重點。第二，要有耐性，反覆聆聽。一開始即使聽得「霧煞煞」，也別跳頁先看原文。用心聆聽之後，可透過問題作答，檢視自己聽懂了多少。如此一來，不僅可以練習掌握會話的重點，也能得知那些地方需要加強。第三，要懂得舉一反三。本書各篇的必學句型和延伸學習，能讓您日語學習的觸角更加寬廣。相信只要您深諳這些訣竅，不管是和日本人交談，還是看日本原聲電視電影，將更得心應手。

　　這本書可說是我20多年旅日生活的心得累積。希望這些心得的分享，能幫助有意學好日語、有需要學好日語的朋友一臂之力，這將是我最大的榮幸。此外，對日本有興趣的朋友，也歡迎至如下的網址，分享我在日本的生活點滴。http://chiehchueh2.pixnet.net/blog

如何使用本書

跟著本書，每天只要10分鐘，活用特別設計的77個日語聽力公式，掌握日本人說話的關鍵字與規則，運用職場、校園、聽新聞、看日劇、逛街血拼、交通旅遊……等場面，不知不覺中，便能馬上提升日語聽力，應對進退更得宜！

本書讓您聽力大躍進的6步驟：

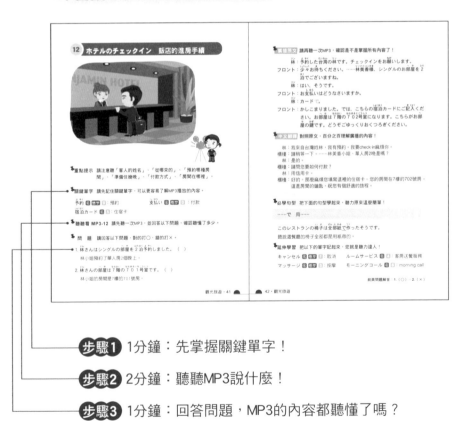

步驟1 1分鐘：先掌握關鍵單字！

步驟2 2分鐘：聽聽MP3說什麼！

步驟3 1分鐘：回答問題，MP3的內容都聽懂了嗎？

步驟4 2分鐘：一邊看原文，一邊聽MP3，對照中文翻譯，理解所有內文。

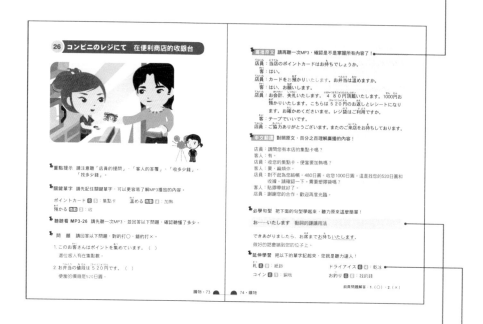

步驟5 2分鐘：複習原文中出現的句型，增強實力！

步驟6 2分鐘：延伸學習實用相關單字，您也是聽力達人！

每天只要10分鐘，馬上提升日語聽力！

本書4大特色

特色1 最有效率

全書運用77個場景，也就是生活中一定會運用到的77個聽力公式，讓讀者迅速熟悉聽力環境，增強日語聽的能力！

特色2 最好學習

依生活場景分類，學習最實用的日語。每個場景均包含「關鍵單字」、「必學句型」、「延伸學習」，讓讀者突破聽力瓶頸，練就臨場好聽力！

特色3 最沒有壓力

每天10分鐘，只要利用零散的時間，輕鬆學習無負擔。先聽標準東京腔MP3自我測試，再閱讀本文了解盲點，把聽力練好一點也不難！

特色4 一舉兩得最划算

聽懂日本人說什麼，增強日語聽力，同時更學會日本人的應答方式，會話能力也跟著提升。熟悉日語溝通、表達技巧，說日語就像說母語一樣自然！

本書使用略語表

名 名詞

副 副詞

イ形 イ形容詞

ナ形 ナ形容詞

自動 自動詞

他動 他動詞

自サ サ變自動詞

他サ サ變他動詞

自他動 同時兼具自動詞與他動詞

自他サ 同時兼具サ變自動詞與
サ變他動詞

目録

第一單元
交通

如何聽取車站、電車的廣播

　　不論是自助旅遊還是準備在日本留學、定居的朋友，交通是第一道必須通過的關卡。儘管這方面的訊息相當充足詳盡，一旦親臨陌生的環境難免不安，此時現場播放的廣播就成了很可靠的定心丸。聽取廣播，可確認自己查詢的資訊是否無誤，多份安心也就多了些餘裕可享受旅遊的樂趣。特別是在面臨因故停駛、誤點等突發狀況，只要了解原因、何時恢復通行，也就不會彷徨失措了。

　　公共交通的廣播乍聽之下，似乎冗長繁瑣，但因為都有規則可循，只要習慣這些規則，並掌握廣播中提及的時間、路線、車站名稱等重點，要聽取這些廣播並不困難。

　　「お＋動詞ます形＋ください」與「ご＋サ變動詞語幹＋ください」可說是這類廣播出現頻率最高的句型。例如本單元將陸續出現「お気をつけください」（請小心）、「ご注意ください」（請注意）、「お待ちください」（請稍候）、「ご了承ください」（請諒解）等，都是公共廣播的常用句。

　　說話者用來表達對聽話者尊重的特殊謙讓語動詞，在公共場所也是隨時可聞，本書原文頻頻出現的「いたします」（做）、「～でございます」（是）、「ございます」（有）、「おります」（有，在）、「参ります」（去，來）、「申します」（說）、「いただきます」（領受）等，都是在公共場所出現率極高的語彙。只要熟悉上述的用法和特徵，即使無法百分之百掌握，也不必提心吊膽了。

🎏重點提示　請注意聽「飛機班次」、「目的地」、「飛行時間」、「安全注意事項」。

🎏關鍵單字　請先記住關鍵單字，可以更容易了解MP3播放的內容。

行き 名 0：前往　　　　　　　　　　　便 名 1：班次
飛行時間 名 4：飛行時間

🎏聽聽看 MP3-01　請先聽一次MP3，並回答以下問題，確認聽懂了多少。

🎏　問　題　請回答以下問題，對的打〇，錯的打✕。

1. この便は成田行きです。（　　）

　本班機是飛往成田。

2. 到着予定時間は３時３０分です。（　　）

　預定抵達時間是3點30分。

本日（ほんじつ）は元気（げんき）航空（こうくう）をご利用（りよう）くださいまして、ありがとうございます。この便（びん）は元気（げんき）航空（こうくう）１９２便（ひゃくきゅうじゅうにびん）、羽田（はねだ）国際（こくさい）空港（くうこう）行（ゆ）きでございます。離陸（りりく）後（ご）、羽田（はねだ）までの飛行（ひこう）時間（じかん）は３時間（さんじかん）３０分（さんじゅっぷん）を予定（よてい）しております。皆様（みなさま）の安全（あんぜん）のため、お荷物（にもつ）は座席（ざせき）の上（うえ）の物（もの）入（い）れ、または、前（まえ）の座席（ざせき）の下（した）にお入（い）れください。では、到着（とうちゃく）までごゆっくりおくつろぎください。

🎯 **中文翻譯** 對照原文，百分之百理解廣播的內容！

今天很感謝您利用元氣航空。本班機為飛往羽田國際機場的元氣航空192號班機。起飛後到達羽田的飛行時間預定是3小時30分。為了大家的安全，請把行李放在座位上方的置物櫃或前面座位的下方。最後，祝您有個舒適的旅程。

🎯 **必學句型** 把下面的句型學起來，聽力原來這麼簡單！

……のため　為了……

風邪（かぜ）予防（よぼう）のため、手洗（てあら）いやうがいを積極的（せっきょくてき）にしましょう。

為了預防感冒，要勤於洗手和漱口。

🎯 **延伸學習** 把以下的單字記起來，您就是聽力達人！

着陸（ちゃくりく） 名 自サ 0：著陸

国内便（こくないびん） 名 0：國內班機

国際便（こくさいびん） 名 0：國際班機

救命胴衣（きゅうめいどうい） 名 5：救生衣

シートベルト 名 4：安全帶

酸素（さんそ）マスク 名 4：氧氣罩

前頁問題解答：**1.**（×），**2.**（×）

リムジンバスの車内アナウンス
機場巴士的車內廣播

📌 **重點提示** 請注意聽「經由哪裡」、「終點」、「抵達終點所需時間」、「可能發生的狀況」。

📌 **關鍵單字** 請先記住關鍵單字，可以更容易了解MP3播放的內容。

経由 名 自サ ０１：經由　　　所要時間 名 ４：所需時間

遅れ 名 ０：延誤

📌 **聽聽看 MP3-02** 請先聽一次MP3，並回答以下問題，確認聽懂了多少。

📌 **問 題** 請回答以下問題，對的打○，錯的打×。

1. このバスの終点は羽田空港第二ターミナルです。（ ）

　本巴士的終點站是羽田機場第二航廈。

2. 所要時間は３０分から４０分ぐらいです。（ ）

　所需時間大約是30分到40分左右。

これより、羽田空港第二ターミナルを経由して、羽田空港第一ターミナルまで参ります。所要時間は終点、羽田空港第一ターミナルまでおよそ３０分から４０分の予定でございますが、途中の道路状況により、多少の遅れもございますので、予めご了承ください。

中文翻譯 對照原文，百分之百理解廣播的內容！

現在，我們將經由羽田機場第二航廈開往羽田機場第一航廈。預定抵達終點站羽田第一航廈所需的時間大約是30分至40分鐘，根據途中道路的狀況，有時會有些延誤，先請您們見諒。

必學句型 把下面的句型學起來，聽力原來這麼簡單！

……まで　……為止

うちは海までとても近いです。
我家離海邊非常近。

延伸學習 把以下的單字記起來，您就是聽力達人！

路線バス **名** 4：定時巡迴公車　　　到着ロビー **名** 5：入境大廳
起点 **名** 0：起站　　　大幅 **名 ナ形** 04：大幅
出発ロビー **名** 5：出境大廳　　　往復券 **名** 4：來回票

🐾 **重點提示**　請注意聽電車「開往哪裡」、「抵達終點時間」、「哪裡不停」、
　　　　　　「欲前往不停靠的車站得在哪裡換車」、「出口在哪一邊」。

🐾 **關鍵單字**　請先記住關鍵單字，可以更容易了解MP3播放的內容。

止まる **自動** 0：停靠　　　　　　　乗り換える **他動** 4 3：換車
と　　　　　　　　　　　　　　　　　　の　か
出口 **名** 1：出口
でぐち

🐾 **聽聽看 MP3-03**　請先聽一次MP3，並回答以下問題，確認聽懂了多少。

🐾 **問　題**　請回答以下問題，對的打〇，錯的打✕。

1. この電車は各停ではありません。　（　）
　でんしゃ　かくてい

　本電車不是每站都停。

2. 早川で降りたい人は真鶴で乗り換えればいいです。　（　）
　はやかわ　お　　ひと　まなづる　の　か

　想在早川下車的人，可在真鶴換車。

📌 **廣播原文** 請再聽一次MP3，確認是不是掌握所有內容了！

毎度ご乗車ありがとうございます。この電車は熱海行きでございます。終点熱海には9時45分に到着いたします。途中、早川、真鶴は止まりませんので、ご注意ください。早川、真鶴でお降りの方は、小田原でお乗り換えください。まもなく小田原に到着いたします。お出口は左側です。

📌 **中文翻譯** 對照原文，百分之百理解廣播的內容！

感謝您每次的搭乘，本電車開往熱海。9點45分將抵達終點熱海。途中因早川、真鶴不停，請注意。要在早川、真鶴下車的旅客，請在小田原換車。小田原馬上要到了。出口在左側。

📌 **必學句型** 把下面的句型學起來，聽力原來這麼簡單！

……行き 往……

このバスは新宿行きですか。

這班公車開往新宿嗎？

📌 **延伸學習** 把以下的單字記起來，您就是聽力達人！

普通 名 **0**：普通車

直通 名 自サ **0**：直達車

通過 名 自サ **0**：經過、不停

乗り越す 他動 **3**：坐過站

入口 名 **0**：入口

右側 名 **0**：右側

前頁問題解答：**1.**（〇），**2.**（×）

🎣重點提示　請注意聽「終點在哪裡」、「在終點可轉換哪些線」、「安全注意項目」、「出口在哪一邊」。

🎣關鍵單字　請先記住關鍵單字，可以更容易了解MP3播放的內容。

まもなく 副 2 ：不久　　　　　　　　揺れる 自動 0 ：搖晃
　　　　　　　　　　　　　　　　　　　　ゆ
あ
開く 自動 0 ：開

🎣聽聽看 MP3-04　請先聽一次MP3，並回答以下問題，確認聽懂了多少。

🎣　問　題　請回答以下問題，對的打〇，錯的打✕。

ぎんざせん　やまのてせん　しぶや　の　か
1. 銀座線と山手線は渋谷で乗り換えることができます。（　）

　銀座線和山手線可以在澀谷換車。

でんしゃ　　　　あいだ　だんさ　　　　　　　ちゅうい
2. 電車とホームの間には段差があるので、注意しなければなりません。（　）

　電車和月台間因為有高低差，所以不注意不行。

　　まもなく終点、渋谷、渋谷です。銀座線、ＪＲ山手線ご利用のお客様はお乗り換えです。この先、電車が揺れますので、ご注意ください。お立ちのお客様はお近くのつり革、手すりにおつかまりください。お出口は右側です。電車とホームの間に広く開いているところがありますので、お降りの際は、足元にお気をつけください。

中文翻譯 對照原文，百分之百理解廣播的內容！

　　終點澀谷、澀谷就要到了。欲搭乘銀座線、JR山手線的乘客請換車。接下來電車會搖晃，所以請小心。站著的乘客請抓好就近的吊環或扶手。出口在右側。因為電車和月台間有的地方間隙較大，下車時請小心您的腳步。

必學句型 把下面的句型學起來，聽力原來這麼簡單！

　　……ので　由於，因為……

競争が激しいので、この近辺の物価は安いです。

由於競爭激烈，這附近的物價很便宜。

延伸學習 把以下的單字記起來，您就是聽力達人！

座る **自動** 0：坐　　　　　　　入る **自動** 1：進

忘れ物 **名** 0：遺失物　　　　転ぶ **自動** 0：跌倒

段差 **名** 0：高低差　　　　　頭上注意 **名** 4：注意頭上

前頁問題解答：**1.**（○），**2.**（✕）

🔖 重點提示　請注意聽「何時的電車」、「往哪裡」、「誤點的原因」、
　　　　　　「誤點多久」、「何時電車恢復運行」。

🔖 關鍵單字　請先記住關鍵單字，可以更容易了解MP3播放的內容。

えいきょう
影響 **名** **自サ** **0**：影響　　　　　　　　　見込み **名** **0**：預估

みこ
さいかい
再開 **名** **自他サ** **0**：恢復行駛，重新舉行

🔖 聽聽看 MP3-05　請先聽一次MP3，並回答以下問題，確認聽懂了多少。

🔖 　問　題　請回答以下問題，對的打○，錯的打╳。

でんしゃ　　じんしんじ　こ　えいきょう　おく　で
1. その電車は人身事故の影響で遅れが出ています。（　　）

　　那班電車因為人身傷亡事故的影響而誤點。

うんてんさいかい　み とお　　　　た
2. 運転再開の見通しはまだ立っていません。（　　）

　　還無法預測何時恢復行駛。

🖈 **廣播原文** 請再聽一次MP3，確認是不是掌握所有內容了！

　　ご案内いたします。１１時２５分発、横須賀線東京行きの電車は、ただ今信号トラブルの影響で約１０分ほどの遅れが出ております。運転再開の見込みは１１時３５分の予定です。大変ご迷惑をおかけいたしまして誠に申し訳ございませんが、もう暫くお待ちください。

🖈 **中文翻譯** 對照原文，百分之百理解廣播的內容！

　　敬告各位乘客。11點25分出發，横須賀線開往東京的列車，現因燈號故障的影響，約延遲10分鐘左右。預計在11點35分恢復行駛。很抱歉造成您莫大的困擾，請您再稍待一會兒。

🖈 **必學句型** 把下面的句型學起來，聽力原來這麼簡單！

……ほど　……左右

当日の会場には100人ほどの参加者がいました。

當天會場有100位左右的參加者。

🖈 **延伸學習** 把以下的單字記起來，您就是聽力達人！

人身事故 名 5 ：人身傷亡事故　　　**点検** 名 他サ 0 ：檢查

車両故障 名 4 ：車輛故障　　　**見合わせ** 名 0 ：暫停

急患 名 0 ：急病患者

振替輸送 名 5 ：持有月票的乘客因電車事故改搭其他路線不另外收費的制度。

前頁問題解答：1.（×），2.（×）

🎣 **重點提示** 請注意聽「幾號線」、「開往哪裡」、「綠色車廂的乘客須在哪裡等候」、「有關綠色車廂的票價」。

🎣 **關鍵單字** 請先記住關鍵單字，可以更容易了解MP3播放的內容。

線 **名 1**：道路、鐵路、航線　　　　足元 **名 4 3**：腳下
せん　　　　　　　　　　　　　　　　　　あしもと
買い求め **名 0**：購買
か もと

🎣 **聽聽看 MP3-06** 請先聽一次MP3，並回答以下問題，確認聽懂了多少。

🎣 **問　題** 請回答以下問題，對的打○，錯的打×。

1. グリーン車の停車位置は足元の数字の 4 番と5番です。（　　）
しゃ ていしゃいち あしもと すうじ よんばん ごばん

　綠色車廂的停車位置為腳下數字的4號和5號。

2. 乗る前にグリーン券を購入した方がいいです。（　　）
の まえ けん こうにゅう ほう

　在乘車前購買綠色車廂車票為佳。

まもなく３番線に、東京、品川行きの電車が参ります。グリーン車は足元の数字、４番と5番でお待ちください。なお、グリーン車をご利用の際にはグリーン券が必要です。グリーン券は車内でお買い求めの場合、駅での発売額と異なりますので、ご了承ください。

中文翻譯 對照原文，百分之百理解廣播的內容！

在3號線開往東京、品川的列車即將到站。搭乘綠色車廂的旅客請在腳下數字的4號和5號處等候。此外，利用綠色車廂時需要綠色車廂車票。綠色車廂車票在車內購買的，會和在車站的售價不同，請您諒解。

必學句型 把下面的句型學起來，聽力原來這麼簡單！

……が必要です　……是必要的

彼を説得するには根気が必要です。

要說服他，耐性是必要的。

延伸學習 把以下的單字記起來，您就是聽力達人！

ホーム 名 **1**：月台　　　　券売機 名 **3**：售票機
特急券 名 **3**：特快車票　　車掌 名 **0**：車掌，乘務員
乗車券 名 **3**：車票　　　　精算 名 他サ **0**：補票

前頁問題解答：1.（○），2.（○）

📌 **重點提示**　請注意聽「這是哪條路線的公車」、「經由哪些站」、「往哪裡」、「安全注意事項」、「下一站是哪裡」。

📌 **關鍵單字**　請先記住關鍵單字，可以更容易了解MP3播放的內容。

系統 **名 0**：系統　　　　　　　　　降りる **自動 2**：下車
（けいとう）　　　　　　　　　　　　（お）
次 **名 2**：下一個
（つぎ）

📌 **聽聽看 MP3-07**　請先聽一次MP3，並回答以下問題，確認聽懂了多少。

📌 **問　題**　請回答以下問題，對的打〇，錯的打✕。

1. このバスは都立大学、田園調布駅に止まります。　（　）
　（と りつだいがく）（でんえんちょう ふ えき）（と）
　這公車在都立大學、田園調布車站有停。

2. 降りる人はできるだけ早めに出口の方へ移動した方がいいです。　（　）
　（お）（ひと）　　　　　　（はや）（で ぐち）（ほう）（い どう）（ほう）
　下車的人最好盡早往出口方向移動。

毎度東京バスにご乗車いただきまして、誠にありがとうございます。このバスは渋谷７系統、三軒茶屋、都立大学、自由が丘入口経由、田園調布駅行きでございます。途中お降りの方は、手近のブザーボタンでお知らせください。車内事故防止のため、お降りの際はバスが完全に止まってから、席をお立ち願います。次は第一病院、第一病院でございます。

中文翻譯 對照原文，百分之百理解廣播的內容！

衷心感謝您每次搭乘東京客運。本公車為澀谷7號系統，經由三軒茶屋、都立大學、自由之丘入口，前往田園調布車站。途中要下車的乘客，請利用就近的按鈴告知。為防止車內事故，麻煩請在公車完全停止之後再離開座位。下一站是第一醫院、第一醫院。

必學句型 把下面的句型學起來，聽力原來這麼簡單！

……てから　　……之後

私はいつもお風呂に入ってから、晩ご飯を食べます。

我總是洗完澡之後，才吃晚飯。

延伸學習 把以下的單字記起來，您就是聽力達人！

回数券 名 3：回數票

両替 名 他サ 0：換錢

バスカード 名 3：公車卡

バス停 名 0：公車站

小銭 名 0：零錢

運転手 名 3：司機

前頁問題解答：**1.**（○），**2.**（×）

🔖 **重點提示**　請注意聽「在哪方向」、「在哪附近」、「因為什麼緣故」、「造成什麼狀態」。

🔖 **關鍵單字**　請先記住關鍵單字，可以更容易了解MP3播放的內容。

方面 名 3：方面，方向　　　　　**行う** 他動 0：進行，實施

渋滞 名 自サ 0：阻塞

🔖 **聽聽看 MP3-08**　請先聽一次MP3，並回答以下問題，確認聽懂了多少。

🔖 **問　題**　請回答以下問題，對的打○，錯的打×。

1. 那須インター付近では、事故の影響で車線規制となっています。（　）

　那須交流道的附近因事故的影響，實施行車道管制。

2. 蓮田サービスエリア付近では、緊急工事で通行止めとなっています。（　）

　在蓮田休息站附近，因緊急工程禁止通行。

廣播原文 請再聽一次MP3，確認是不是掌握所有內容了！

　　午後3時の交通情報をお知らせいたします。東北道上り方面、那須イ
ンター付近では、緊急工事が行われているため、車線規制となっていま
す。同じ東北道下り方面、蓮田サービスエリア付近では、事故の影響で
4キロの渋滞です。午後3時の交通情報でした。

中文翻譯 對照原文，百分之百理解廣播的內容！

　　為您報導下午3點的路況。在東北道上行方向、那須交流道附近，因
進行緊急工程，實施行車道管制。同樣在東北道下行方向、蓮田休息站附
近，因事故的影響，塞車4公里。以上是下午3點的路況報導。

必學句型 把下面的句型學起來，聽力原來這麼簡單！

……となっています　成為……，變成……

台風の影響で、ほとんどの店が休みとなっています。

因為颱風的影響，幾乎所有的商店都休息了。

延伸學習 把以下的單字記起來，您就是聽力達人！

料金所 名 0：收費站　　　　夜間工事 名 4：夜間工程

一方通行 名 5：單向通行　　衝突事故 名 5：衝撞事故

カーナビ 名 0：行車導航器　通行止め 名 0：禁止通行

前頁問題解答：1.（×），2.（×）

第二單元
觀光旅遊

旅遊不可不知的日語

　　旅遊的樂趣除了觀賞美麗風景、品嚐在地佳餚，和當地人接觸交談也是珍貴的體驗。交談的成立，除了知道怎麼提問，聽懂對方在說什麼也是不可或缺的要件。「我的日文很破怎麼辦？」別擔心，如果您是位旅客，大致上會遭遇的場面，都有慣用語句可以應付。雖然因人因時因地遣詞用字會有若干的變化，但提問的內容幾乎都是大同小異，只要掌握對方提問的重點，相信就能應對如流。

　　一旦踏進日本這個國度，第一位最有可能交談的日本人就是入境審查官了，他們提問的重點不外乎「入国の目的」（入境的目的）、「滞在先」（住宿處）、「予定滞在期間」（預定停留期間）。而進飯店、旅館辦理入住手續時，櫃台會跟您說的也都是「どんな部屋」（哪種房間）、「何泊」（幾晚）、「何階の何号室」（幾樓幾號房）、「支払い方法」（付款方法）、「施設の利用時間」（設施使用時間）這些可預測的基本語句。

　　或許大家早已發現旅遊中最常接觸到的就是有關時間、地點、金錢這方面的提問吧。在面對這些提問時，聽取地點、提及的數字、單位為首要條件。試想搞錯集合時間、集合地點、付錯錢，豈不是一件很令人捶心肝的事情呢。

📌 **重點提示**　請注意聽「入境審查官要求看什麼」、「旅客入境的目的」、
　　　　　「住哪裡」、「預定待多久」。

📌 **關鍵單字**　請先記住關鍵單字，可以更容易了解MP3播放的內容。

目的 **名** **0**：目的
もくてき

滞在先 **名** **0**：住宿處
たいざいさき

予定 **名** **他サ** **0**：預定
よ てい

📌 **聽聽看 MP3-09**　請先聽一次MP3，並回答以下問題，確認聽懂了多少。

📌 **問　題**　請回答以下問題，對的打〇，錯的打✕。

1. この人の入国の目的はビジネスです。（　　）
　　ひと　　にゅうこく　もくてき

　　這個人入境的目的是商務。

2. この人の宿泊先は箱根のホテルと新宿の旅館です。（　　）
　　ひと　　しゅくはくさき　はこ ね　　　　　　しんじゅく　りょかん

　　這個人住宿的地方是箱根的飯店和新宿的旅館。

入国審査官：パスポートと入国カードを見せてください。
　　　　　　……入国の目的はお仕事ですか、観光ですか。
外国人：観光です。
入国審査官：滞在先はどちらですか。
外国人：新宿の大和ホテルと箱根の湯本旅館です。
入国審査官：日本にはどれぐらいの滞在予定ですか。
外国人：１週間です。

📌 **中文翻譯** 對照原文，百分之百理解廣播的內容！

入境審查官：請讓我看護照和入境卡。
　　　　　　……入境的目的是工作還是觀光？
外國人：觀光。
入境審查官：住宿處在哪裡？
外國人：新宿的大和飯店與箱根的湯本旅館。
入境審查官：預定在日本停留多久呢？
外國人：1個星期。

📌 **必學句型** 把下面的句型學起來，聽力原來這麼簡單！

……を見せてください　請讓我看……

あの黄色のバッグをちょっと見せてください。

請讓我看一下那個黃色的包包。

📌 **延伸學習** 把以下的單字記起來，您就是聽力達人！

出国審査 名 5：出國審查　　　　留学 名 自サ 0：留學

税関申告書 名 9：海關申報單　　航空券 名 3：機票

指紋認証 名 4：指紋認證　　　　※因外國人登錄制度的廢止，外國人登錄證現今已改
　　　　　　　　　　　　　　　　為「在留カード」（在留卡）。

外国人登録証明書 名 15：外國人登錄證

前頁問題解答：1.（×），2.（×）

🎣 **重點提示** 請注意聽「工作人員想看什麼」、「有無需要申報的物品」、
「行李是否只有這些」。

🎣 **關鍵單字** 請先記住關鍵單字，可以更容易了解MP3播放的內容。

しんこく
申告 名 他サ 0：申報

に もつ
荷物 名 1：行李

はいけん
拝見 名 他サ 0：「見る 1」的敬語、看。
み

🎣 **聽聽看 MP3-10** 請先聽一次MP3，並回答以下問題，確認聽懂了多少。

🎣 **問　題** 請回答以下問題，對的打○，錯的打✕。

1. この人は申告するものがありません。（　）
ひと しんこく

　　這個人沒有要申報的東西。

2. この人は別に送る荷物があります。（　）
ひと べつ おく に もつ

　　這個人有另外託運的行李。

係員：税関申告書をお願いします。申告するものはありますか。

外国人：いいえ、ありません。

係員：荷物はこれだけですか。

外国人：はい、これだけです。

係員：トランクの中をちょっと拝見させてください。

外国人：どうぞ。

中文翻譯 對照原文，百分之百理解廣播的內容！

工作人員：請給我海關申報單。有要申報的東西嗎？

外國人：沒有。

工作人員：行李就這些嗎？

外國人：是的，就只有這些。

工作人員：請讓我看看行李箱裡面。

外國人：請。

必學句型 把下面的句型學起來，聽力原來這麼簡單！

……だけ　只有……

１ヶ月１万円だけの生活なんて想像できません。

1個月只有1萬日圓的生活難以想像。

延伸學習 把以下的單字記起來，您就是聽力達人！

別送品 名 0：另外託運的行李

携帯品 名 0：攜帶品

免税品 名 0：免税品

持ち込み禁止品 名 0：禁止攜帶入境的物品

通関 名 自サ 0：通關

関税 名 0：關稅

前頁問題解答：1.（○），2.（×）

📌重點提示　請注意聽「是哪家旅館」、「預約日期」、「預約人數」、
　　　　　　「客人原想預約的房型」、「結果預約了怎樣的房間」。

📌關鍵單字　請先記住關鍵單字，可以更容易了解MP3播放的內容。

宿泊_{しゅくはく} 名 自サ 0：住宿　　　　　　　満室_{まんしつ} 名 0：房間客滿

用意_{ようい} 名 自サ 1：準備

📌聽聽看 MP3-11　請先聽一次MP3，並回答以下問題，確認聽懂了多少。

📌 問　題　請回答以下問題，對的打〇，錯的打✕。

1. 予約_{よやく}したのは2月 4 日_{にがつよっか}です。（　）

　預約的是2月4日。

2. タブルの部屋_{へや}が満室_{まんしつ}なので、仕方_{しかた}なくツインのにしました。（　）

　因為雙人床的房間客滿，只好選二張單人床的。

予約係：はい、桜旅館でございます。

客：2月14日に宿泊したいんですが……。

予約係：2月14日ですね。何名さまでいらっしゃいますか。

客：2名です。できれば、ツインの部屋をお願いしたいんですが……。

予約係：2月14日、2名様で、ツインのお部屋ですね。少々お待ちください。……大変お待たせいたしました。あいにくですが、ツインのお部屋は満室でございます。ダブルでよろしければ、ご用意できますが……。

客：じゃ、ダブルで。

📌 **中文翻譯** 對照原文，百分之百理解廣播的內容！

訂房部：櫻花旅館您好。

客人：我想預約2月14日……。

訂房部：2月14日嗎？請問幾位？

客人：2位。可以的話，我想要二張單人床的房間……。

訂房部：2月14日、2位、二張單人床的房間嗎？請稍待一會兒。……讓您久等了。很不巧，二張單人床的房間全客滿了。如果雙人床可以的話，就能為您準備……。

客人：那就雙人床好了。

📌**必學句型** 把下面的句型學起來，聽力原來這麼簡單！

……たい　想……

暑いので、かき氷が食べたいです。

因為很熱，所以想吃刨冰。

📌**延伸學習** 把以下的單字記起來，您就是聽力達人！

トリプル 名 **1**：三張單人床的房間　　サービス料 名 **4**：服務費

前頁問題解答：**1.**（×），**2.**（×）

🎣 重點提示　請注意聽「客人的姓名」、「從哪來的」、「預約哪種房間」、「準備住幾晚」、「付款方式」、「房間在哪裡」。

🎣 關鍵單字　請先記住關鍵單字，可以更容易了解MP3播放的內容。

予約 名 他サ 0：預約　　　　　　　　支払い 名 他サ 0：付款

宿泊カード 名 5：住宿卡

🎣 聽聽看 MP3-12　請先聽一次MP3，並回答以下問題，確認聽懂了多少。

🎣 問　題　請回答以下問題，對的打○，錯的打×。

1. 林さんはシングルの部屋を2泊予約しました。　（　）

　林小姐預約了單人房2個晚上。

2. 林さんの部屋は7階の701号室です。　（　）

　林小姐的房間是7樓的701號房。

林：予約した台湾の林です。チェックインをお願いします。

フロント：少々お待ちください。……林美香様、シングルのお部屋を2泊でございますね。

林：はい、そうです。

フロント：お支払いはどうなさいますか。

林：カードで。

フロント：かしこまりました。では、こちらの宿泊カードにご記入ください。お部屋は7階の702号室になります。こちらがお部屋の鍵です。どうぞごゆっくりおくつろぎください。

🔖 中文翻譯 對照原文，百分之百理解廣播的內容！

林：我來自台灣姓林，我有預約。我要check-in麻煩你。

櫃檯：請稍等一下。……林美香小姐、單人房2晚是嗎？

林：是的。

櫃檯：請問您要如何付款？

林：用信用卡。

櫃檯：好的。那麼麻煩您填寫這裡的住宿卡。您的房間在7樓的702號房。這是房間的鑰匙。祝您有個舒適的旅程。

🔖 必學句型 把下面的句型學起來，聽力原來這麼簡單！

……で 用……

このレストランの椅子は全部紙で作ったそうです。

聽說這餐廳的椅子全部都是用紙做的。

🔖 延伸學習 把以下的單字記起來，您就是聽力達人！

キャンセル 名 他サ 1：取消　　ルームサービス 名 4：客房送餐服務

マッサージ 名 他サ 3：按摩　　モーニングコール 名 6：morning call

前頁問題解答：1.（○），2.（×）

🔖重點提示　請注意聽「做介紹的服務員叫什麼名字」、「晚餐時間」、
　　　　　「用餐地點」、「澡堂位置」、「使用時間」。

🔖關鍵單字　請先記住關鍵單字，可以更容易了解MP3播放的內容。

　　申す 他動 ① :「言う」⓪ 的敬語、叫，稱作
　　もう　　　　　　　い

　　召し上がる 他動 ⓪ :「食べる」② 的敬語、吃
　　め　あ　　　　　　　た

　　風呂 名 ② ① :澡盆，澡堂
　　ふ　ろ

🔖聽聽看 MP3-12　請先聽一次MP3，並回答以下問題，確認聽懂了多少。

🔖　問　題　請回答以下問題，對的打○，錯的打✕。

1. 夕食の場所は１階の広間です。（　　）
　　ゆうしょく　ばしょ　いっかい　ひろま

　　晚餐的場地在一樓的大廳。

2. お風呂は夜の１１時から朝の5時まで使えません。（　　）
　　ふ　ろ　よる　じゅういちじ　　あさ　ごじ　　つか

　　從晚上11點到早上5點，無法使用澡堂。

　ようこそ、いらっしゃいませ。当旅館のご案内をさせていただきます、福田と申します。よろしくお願いいたします。……ご夕食は６時から８時までの間に、１階の宴会場でお召し上がりください。お風呂は、この廊下のつきあたりにございます。夜は１１時まで、朝は5時からお入りになれます。朝食は７時から9時までとなっております。何かご用がございましたら、フロントまでお電話ください。

中文翻譯 對照原文，百分之百理解廣播的內容！

　　歡迎光臨。讓我為您介紹本旅館。我叫福田，請多多指教。……晚餐請在6點到8點之間，於1樓的宴會場用餐。澡堂在這個走廊的盡頭。晚上到11點為止，早上5點起可以使用。早餐從7點起到9點為止。如果有什麼需要的話，請打電話到櫃台。

必學句型 把下面的句型學起來，聽力原來這麼簡單！

……の間に　　在……之間

わずか３０分の間に、震度5以上の余震が７回もありました。

僅僅30分鐘之間，震度5以上的餘震就有7次。

延伸學習 把以下的單字記起來，您就是聽力達人！

女湯 名 03：女澡堂　　　　　　　男湯 名 03：男澡堂
食券 名 0：餐券　　　　　　　　入湯税 名 34：溫泉稅
仲居 名 0：日式旅館或餐廳負責接待的女性
女将 名 2：日式旅館、餐廳的女主人

前頁問題解答：**1.**（×），**2.**（○）

🐛**重點提示**　請注意聽「導遊、司機的名字」、「旅遊行程為時多久」、
　　　　　「巴士將前往哪裡」、「還有多久會到達目的地」、「集合時
　　　　　間是幾點」、「集合時間為止進行什麼活動」。

🐛**關鍵單字**　請先記住關鍵單字，可以更容易了解MP3播放的內容。

<ruby>観光<rt>かんこう</rt></ruby>ツアー **名 5**：觀光旅行團　　　　　　　　<ruby>向<rt>む</rt></ruby>かう **自動 0**：前往

<ruby>自由<rt>じ ゆう</rt></ruby> **名 ナ形 2**：自由，隨意

🐛**聽聽看 MP3-12**　請先聽一次MP3，並回答以下問題，確認聽懂了多少。

🐛　**問　題**　請回答以下問題，對的打○，錯的打×。

1. このツアーは<ruby>半日<rt>はんにち</rt></ruby>コースです。（　　）

　　這個旅行團是半天的行程。

2. <ruby>目的地<rt>もくてき ち</rt></ruby>に<ruby>着<rt>つ</rt></ruby>いたら、<ruby>自由解散<rt>じ ゆうかいさん</rt></ruby>となります。（　　）

　　抵達目的地之後，自行解散。

皆様、おはようございます。本日は、元気バス都内観光ツアーにご参加くださり、ありがとうございます。私はガイドの浜崎、運転手は青山でございます。半日という短い時間ではありますが、どうぞよろしくお願いいたします。これよりバスは、清水寺へ向かいます。あと１時間ほどで到着する予定です。到着後は、集合時間の１１時まで、自由行動となっております。ご自由に見学をお楽しみください。

大家早。今天很感謝您參加元氣巴士都內觀光旅行團。我是導遊濱崎，司機是青山。半天的時間雖然短暫，還請多多指教。隨後巴士將前往清水寺。預計約1小時之後抵達。抵達後到集合時間的11點為止為自由活動，請您盡情地自行參觀。

📌 **必學句型** 把下面的句型學起來，聽力原來這麼簡單！

……予定です　預定……

「嵐」は来月の５日にコンサートを行う<u>予定です</u>。

「嵐」預定在下個月的5號舉辦演唱會。

📌 **延伸學習** 把以下的單字記起來，您就是聽力達人！

観光バス 名 5：遊覽車　　　　　　試食 名 他サ 0：試吃

引換券 名 4 3：兌換券　　　　　　解散 名 自サ 0：解散

日帰りツアー 名 5：當天往返的旅行團

お土産 名 0：土產，伴手禮，手信

📌重點提示　請注意聽「會場禁止事項」、「在哪裡可以吸菸」、「何時開演」。

📌關鍵單字　請先記住關鍵單字，可以更容易了解MP3播放的內容。

先立つ **自動** 3：先行　　　　　喫煙所 **名** 0：吸菸處
さきだ　　　　　　　　　　　　きつえんじょ

ライブ中 **名** 0：現場表演時
ちゅう

📌聽聽看 MP3-15　請先聽一次MP3，並回答以下問題，確認聽懂了多少。

📌　問　題　請回答以下問題，對的打〇，錯的打✕。

1. 喫煙所は階段の近くにあります。（　）
きつえんじょ　かいだん　ちか

　吸菸處在樓梯的附近。

2. ライブ中の写真、ビデオ撮影は禁止です。（　）
ちゅう　しゃしん　　　さつえい　きんし

　現場表演時禁止拍照和錄影。

本日はご来場ありがとうございます。開演に先立ちまして、皆様にお願い申し上げます。客席内は禁煙となっておりますので、おタバコはロビーの喫煙所にてお願いいたします。なお、ライブ中の写真、ビデオ撮影はご遠慮ください。開演は１６時３０分を予定しております。今暫くお待ちください。

中文翻譯 對照原文，百分之百理解廣播的內容！

感謝大家今天的光臨。在開演之前，煩請大家合作。因觀眾席內禁菸，所以吸菸請至大廳的吸菸區。此外，現場表演時請不要拍照或錄影。開演預定在16點30分，現在請您稍候。

必學句型 把下面的句型學起來，聽力原來這麼簡單！

......ご遠慮ください　請不要......

車内での携帯電話の通話はご遠慮ください。

請不要在車內講行動電話。

延伸學習 把以下的單字記起來，您就是聽力達人！

公演 名 自サ 0：公演　　　　上映中 名 0：上映時

休憩所 名 5：休息處　　　　マナーモード 名 4：震動模式

演奏中 名 0：演奏時　　　　電源 名 0：電源

🔖 **重點提示**　請注意聽「問路的人想去哪裡」、「在哪個地方要轉彎」、
「路人提示的建築物」、「看到路人提示的建築物後怎麼辦」。

🔖 **關鍵單字**　請先記住關鍵單字，可以更容易了解MP3播放的內容。

尋ねる <small>たず</small> **他動** ③：詢問，打聽　　　　　まっすぐ **名 ナ形** ③：直直的

曲がる <small>ま</small> **自動** ⓪：轉彎

🔖 **聽聽看 MP3-16**　請先聽一次MP3，並回答以下問題，確認聽懂了多少。

🔖 **問　題**　請回答以下問題，對的打〇，錯的打×。

1. 中央美術館へ行くには、最初の信号を曲がらなければなりません。（　　）
<small>ちゅうおう び じゅつかん</small>　<small>い</small>　　　　<small>さいしょ</small>　<small>しんごう</small>　<small>ま</small>

　要去中央美術館，必須在第一個紅綠燈轉彎。

2. 中央美術館は白い教会のとなりです。（　　）
<small>ちゅうおう び じゅつかん</small>　<small>しろ</small>　<small>きょうかい</small>

　中央美術館在白色教會的隔壁。

廣播原文 請再聽一次MP3，確認是不是掌握所有內容了！

道を尋ねる人：あのー、ちょっとお尋ねしますが、中央美術館へは、どう行ったらいいですか。

通りすがりの人：中央美術館ですか。そうですね、まずこの道を真っすぐ行って、最初の信号を右に曲がってください。

道を尋ねる人：最初の信号を右ですね。

通りすがりの人：ええ。それからまっすぐ進むと、左手に白い教会が見えます。その教会の横にある横断歩道を渡れば、すぐそこです。

道を尋ねる人：分かりました。ご親切にありがとうございます。

中文翻譯 對照原文，百分之百理解廣播的內容！

問路的人：嗯～，請問一下，中央美術館怎麼去才好呢？

路過的人：中央美術館嗎？是這樣的，這條路先直走，在第一個紅綠燈請右轉。

問路的人：第一個紅綠燈右轉嗎？

路過的人：是的。然後一直前進的話，在左手邊會看到白色的教堂。穿越教堂旁邊的斑馬線就到了。

問路的人：我知道了，感謝您親切的幫忙。

必學句型 把下面的句型學起來，聽力原來這麼簡單！

……たら　……的話

よろしかったら、これから一緒に行きませんか。

如果方便的話，待會兒要不要一起去呢？

延伸學習 把以下的單字記起來，您就是聽力達人！

交番 名 0：派出所　　　　　交差点 名 0：十字路口

前頁問題解答：1.（○），2.（×）

第三單元
餐飲

日本多元化的餐飲服務方式

　　日本服務業的品質一向為人稱道，但近年來為節省成本、提高效率，餐飲業的服務方式也趨向多元化。在壽司店、居酒屋、燒肉店或家庭餐廳常見的「タッチパネル」（電腦觸控螢幕）點菜方式便是一大革新。除了點菜、追加不需要一一招喚服務生，迅速又不會失誤，再加上有相片做比對，也不必擔心點到和想像大相逕庭的餐點。

　　在日本國內外擁有眾多粉絲的一蘭拉麵，其完全不需與店員碰面的服務方式也令人耳目一新。您只要在入口處的售票機買票，查看空位的燈號指示，就座後把票放妥在桌前，待熱騰騰拉麵上桌、布簾放下，就能心無旁騖獨自享受眼前的美食。據稱這是為了招攬不好意思獨自進拉麵店的女性顧客，所開發的服務方式。此外，另一個值得介紹的服務方式，就是烏龍麵連鎖專賣店的「セルフサービス」（自助）。只要拿著托盤按著順路走，點餐、備餐、上餐、結帳一路完成。餐飲的價格因反應出節省下來的人事費，可說是相當實惠。

　　當然前往一般的餐廳，享受服務人員貼心的服務也是外食的一大樂趣。日本餐飲業的服務品質普遍來說都有一定的水準，即使是索費低廉的連鎖店大致上也都有不錯的評價，除非真的是倒楣踩進地雷店。特別是一些訓練有素的老字號餐飲店，還會讓人有賓至如歸的感受呢。

　　不論是上哪種類型的餐廳，本單元介紹的內容都能派上用場，記起來，一定能讓您更隨心適意的享受日本美食。

🐭 **重點提示**　請注意聽「客人點什麼」、「內用還是帶走」、「要什麼飲料」、「客人對飲料有什麼特別吩咐」、「店員請客人稍等的原因」。

🐭 **關鍵單字**　請先記住關鍵單字，可以更容易了解MP3播放的內容。

　セット **名** **自サ** **1**：套餐，梳整　　　　<ruby>飲<rt>の</rt></ruby>み<ruby>物<rt>もの</rt></ruby> **名** **2 3**：飲料
　<ruby>運<rt>はこ</rt></ruby>ぶ **自他動** **0**：端，進展

🐭 **聽聽看 MP3-17**　請先聽一次MP3，並回答以下問題，確認聽懂了多少。

🐭 **問　題**　請回答以下問題，對的打○，錯的打×。

1. お<ruby>客<rt>きゃく</rt></ruby>さんが<ruby>注文<rt>ちゅうもん</rt></ruby>した<ruby>飲<rt>の</rt></ruby>み<ruby>物<rt>もの</rt></ruby>はコーラです。（　　）
　 客人點的飲料是可樂。

2. チーズバーガーはもう<ruby>売<rt>う</rt></ruby>り<ruby>切<rt>き</rt></ruby>れです。（　　）
　 起士漢堡已經賣光了。

客：チーズバーガーセットを１つください。

店員：チーズバーガーセットをお１つですね。こちらでお召し上がりですか。

客：はい。

店員：お飲み物は何になさいますか。

客：メロンソーダをください。氷は少なめでお願いします。

店員：かしこまりました。チーズバーガーは少々お時間をいただきますので、お席の方でお待ちください。お席までお運びいたします。ごゆっくりどうぞ。

中文翻譯 對照原文，百分之百理解廣播的內容！

客人：請給我一份起士漢堡套餐。

店員：一份起士漢堡套餐嗎？請問是內用嗎？

客人：是的。

店員：請問您飲料要點什麼？

客人：我要哈密瓜汽水。麻煩你冰塊放少一點。

店員：好的。起士漢堡需要一點時間，請您在座位上稍候。好了會端去您的座位。請慢用。

必學句型 把下面的句型學起來，聽力原來這麼簡單！

……め ……一點

コーヒーを飲むとき、いつも砂糖を多めに入れます。

喝咖啡的時候，總是會多放一點糖。

延伸學習 把以下的單字記起來，您就是聽力達人！

フライドポテト 名 5：炸薯條　　　ストロー 名 2：吸管

前頁問題解答：1.（×），2.（×）

レストランに入る 進餐廳

🎵 重點提示 請注意聽「客人有幾位」、「選擇什麼座位」、「其他客人特別的要求」。

🎵 關鍵單字 請先記住關鍵單字,可以更容易了解MP3播放的內容。

喫煙 名 自サ ⓪:吸菸　　　　　　　　　　用意 名 自サ ❶:準備
子供用 名 ⓪:兒童專用

🎵 聽聽看 MP3-18 請先聽一次MP3,並回答以下問題,確認聽懂了多少。

🎵 問 題 請回答以下問題,對的打○,錯的打×。

1. お客さんが選んだのは禁煙席です。 (　)

 客人選擇的是禁菸席。

2. この店では子供用の椅子を提供していません。 (　)

 這家店沒有提供有小孩子用的椅子。

店員：いらっしゃいませ。何名様ですか。

客：4名です。

店員：禁煙席と喫煙席がございますが、どちらになさいますか。

客：禁煙席でお願いします。

店員：こちらへどうぞ。お子様用の椅子をご用意しましょうか。

客：はい。それから子供用の茶碗もお願いできますか。

📌 **中文翻譯** 對照原文，百分之百理解廣播的內容！

店員：歡迎光臨。請問有幾位？

客人：4位。

店員：我們有禁菸席和吸菸席，您要坐哪裡？

客人：麻煩你禁菸席。

店員：請往這邊走。要不要為您準備小朋友的椅子？

客人：好。還可以麻煩你給我小孩子用的飯碗嗎？

📌 **必學句型** 把下面的句型學起來，聽力原來這麼簡單！

……用 ……用

家庭用の電気製品は、やはりコンパクトなものがいいです。

家庭用的電器製品，還是小型的產品為佳。

📌 **延伸學習** 把以下的單字記起來，您就是聽力達人！

個室 名 0 ：包廂

窓際 名 0 ：窗邊

座敷席 名 3 ：榻榻米的位子

おしぼり 名 2 ：濕手巾

テーブル席 名 4 ：一般桌子的位子

取り皿 名 2 ：小盤子

前頁問題解答：**1.**（○），**2.**（✕）

19	**注文** ちゅうもん　點菜

🐾 **重點提示**　請注意聽「客人點什麼」、「主菜是什麼」、「希望的熟度」、
　　　　　「餐後的飲料」。

🐾 **關鍵單字**　請先記住關鍵單字，可以更容易了解MP3播放的內容。

　　決まり 名 ⓪：決定　　　　　　　　**メインディッシュ** 名 ④：主菜
　　焼き加減 名 ③：煎、烤的程度

🐾 **聽聽看 MP3-19**　請先聽一次MP3，並回答以下問題，確認聽懂了多少。

🐾 **問　題**　請回答以下問題，對的打○，錯的打╳。

1. お客さんが注文したのはレディースコースです。（　　）
　客人點的是淑女套餐。

2. お客さんが選んだコースのメインディッシュはステーキです。（　　）
　客人所選的套餐的主菜是牛排。

店員：ご注文はお決まりですか。

客：「シェフのおすすめコース」でお願いします。

店員：メインディッシュのステーキの焼き加減はいかがなさいますか。

客：ウェルダンで。

店員：食後のお飲み物は何になさいますか。

客：ホットコーヒーをください。

店員：ご注文は以上でよろしいですか。

客：はい。

中文翻譯 對照原文，百分之百理解廣播的內容！

店員：請問要點的決定了嗎？

客人：請給我「主廚推薦套餐」。

店員：請問主菜的牛排要幾分熟？

客人：我要全熟。

店員：請問餐後的飲料您要點什麼？

客人：請給我熱咖啡。

店員：點以上這些就好了嗎？

客人：是的。

必學句型 把下面的句型學起來，聽力原來這麼簡單！

……加減 ……調整

おいしいおにぎりの決め手は、炊き立てのご飯と塩加減です。

美味飯糰的決定關鍵，為剛煮好的米飯和鹽的調整。

延伸學習 把以下的單字記起來，您就是聽力達人！

レア 名 1：三分熟　　　　　　ミディアム 名 1：五分熟

前頁問題解答：1.（×），2.（○）

🐚 **重點提示**　請注意聽「客人為什麼很急」、「客人點的是什麼」、「店家送客人什麼表示歉意」。

🐚 **關鍵單字**　請先記住關鍵單字，可以更容易了解MP3播放的內容。

急(いそ)ぐ **自動 2**：急，快一點　　　確認(かくにん) **名 他サ 0**：確認

お詫(わ)び **名 0**：道歉，歉意

🐚 **聽聽看 MP3-20**　請先聽一次MP3，並回答以下問題，確認聽懂了多少。

🐚 **問　題**　請回答以下問題，對的打○，錯的打✕。

1. お客(きゃく)さんは時間(じ かん)がないので、注文(ちゅうもん)をキャンセルしました。（　　）

　　因為沒時間，客人把點好的料理取消了。

2. お詫(わ)びとして、お客(きゃく)さんに割引券(わりびきけん)を差(さ)し上(あ)げました。（　　）

　　當作歉意給了客人優待券。

客：あのー、注文した料理がまだ来ないんですけど……。時間がない
　　ので、急いでもらえますか。もしまだ作ってないのなら、キャン
　　セルしてもいいですか。

店員：申し訳ございません。今すぐ確認してまいります。……大変お待
　　たせいたしました。鰻定食でございます。お詫びに、当店のドリ
　　ンクサービス券を差し上げますので、次回ご来店の際、ぜひご利
　　用ください。

📌 **中文翻譯** 對照原文，百分之百理解廣播的內容！

客人：請問一下，我點的料理還沒來……。因為沒時間了，能幫我催一下
　　　嗎？如果還沒做的話，可以取消嗎？
店員：對不起。我現在馬上去確認。……讓您久等了。這是您的鰻魚定食。
　　　為表示歉意，這是本店的飲料免費券，務請您下次光臨時使用。

📌 **必學句型** 把下面的句型學起來，聽力原來這麼簡單！

……なら ……的話

みんなが行くのなら、私も行きます。

如果大家都去的話，那我也去。

📌 **延伸學習** 把以下的單字記起來，您就是聽力達人！

催促 名 他サ 1：催促　　　　　　とんかつ弁当 名 5：炸豬排便當

持ち帰る 他動 0 4：外帶　　　　　割引券 名 4：優待券

天丼 名 0：天婦羅蓋飯　　　　　　返金 名 自他サ 0：退錢，還錢

前頁問題解答：1.（×），2.（×）

料理が来てから **料理來了之後**

🐾 **重點提示** 請注意聽「店員要客人注意什麼」、「什麼套餐有什麼特別的服務」。

🐾 **關鍵單字** 請先記住關鍵單字，可以更容易了解MP3播放的內容。

ランチ **名 1**：午餐　　　　　　　　　熱い **イ形 2**：燙的，熱的

飲み放題 **名 3**：喝到飽

🐾 **聽聽看 MP3-21** 請先聽一次MP3，並回答以下問題，確認聽懂了多少。

🐾 **問　題** 請回答以下問題，對的打○，錯的打╳。

1. Ｂランチの鉄板はとても熱いので、注意しないとやけどします。（　）

　因為B午間套餐的鐵板很熱，不注意的話會燙傷。

2. ランチはすべて飲み放題です。（　）

　午間套餐都是喝到飽。

店員：大変お待たせしました。Bランチのお客様。

客A：はい、私です。

店員：鉄板が大変お熱くなっていますので、お気を付けください。それから、こちら、スペシャルランチセットのお客様。

客B：あっ、私です。

店員：スペシャルランチセットのドリンクは飲み放題になっておりますので、ドリンクバーにてご自由にお取りください。ごゆっくりどうぞ。

🔖 中文翻譯 對照原文，百分之百理解廣播的內容！

　店員：讓您久等了，請問B午間套餐是哪一位？

客人A：是我。

　店員：因為鐵板很燙，請小心。然後這份，請問午間特餐是哪一位？

客人B：啊，是我。

　店員：午間特餐的飲料是喝到飽，請自行到飲料吧取用。請慢用。

🔖 必學句型 把下面的句型學起來，聽力原來這麼簡單！

　　……放題 ……到飽（表示毫無限制）

最近、食べ放題の店はとても人気があります。

最近吃到飽的餐廳非常有人氣。

🔖 延伸學習 把以下的單字記起來，您就是聽力達人！

ディナー 名 1：晚餐　　　　　　ソフトドリンク 名 5：不含酒精的飲料

やけど 名 自サ 0：燙傷，灼傷　　お代わり 名 他サ 2：再來一份

サラダバー 名 4：沙拉吧　　　　無料 名 0：免費

前頁問題解答：1.（○），2.（×）

22 かんじょう
勘定　結帳

🎏 重點提示　請注意聽「客人要分開付還是一起算」、「用什麼方式付款」、
「要不要收據」、「收據的姓名怎麼寫」。

🎏 關鍵單字　請先記住關鍵單字，可以更容易了解MP3播放的內容。

しはら ほうほう
支払い方法 名 5：付款方式　　　りょうしゅうしょ
領収書 名 0 5：收據
あて な
宛名 名 0：收件人的姓名，抬頭

🎏 聽聽看 MP3-22　請先聽一次MP3，並回答以下問題，確認聽懂了多少。

🎏 問　題　請回答以下問題，對的打〇，錯的打×。

1. きゃく えら しはら ほうほう いっかつばら
お客さんが選んだ支払い方法は、カードの一括払いです。（　）

客人選擇的支付方式，是信用卡一次付清。

2. きゃく みょうじ うえ
お客さんの名字は上です。（　）

客人姓上。

客：お勘定、お願いします。
店員：お会計はご一緒でよろしいですか。
客：はい。カードは使えますか。
店員：はい、使えます。お支払い方法はどうなさいますか。
客：一括払いで。領収書はもらえますか。
店員：はい、少々お待ちください。宛名はどうなさいますか。
客：とりあえず上様で。
店員：かしこまりました。

📌 **中文翻譯** 對照原文，百分之百理解廣播的內容！

客人：麻煩你結帳。
店員：一起算嗎？
客人：是的。可以刷卡嗎？
店員：可以。請問您要用怎樣的付款方式？
客人：一次付清。可以給我收據嗎？
店員：好的，請稍等一下。抬頭要怎麼寫呢？
客人：寫「上」※就好了。
店員：好的。

> ※「上樣」原本是對長輩或有身分地位者之敬稱，如果客人沒有特別吩咐，收據的抬頭欄多以此代替，也就是「お客様」（客人）的意思。要小心，客人不是姓「上」。

📌 **必學句型** 把下面的句型學起來，聽力原來這麼簡單！

とりあえず……　先……，暫且……

とりあえず、ビールとおつまみをください。

先給我啤酒和小菜。

📌 **延伸學習** 把以下的單字記起來，您就是聽力達人！

別々 名 ナ形 0：分開　　　　　現金 名 3：現金

割り勘 名 0：各付各的

レシート 名 2：收據（在日本，收銀機打出來的「レシート」通常無法拿來申報，要「領収書」才行）

前頁問題解答：1.（○），2.（×）

第四單元
購物

日本購物須知

　　購物講求精打細算，尤其是千里迢迢地遠赴國外，都希望能以最優惠的價格買到理想的商品，才會有不虛此行的滿足感。這時候除了事先查詢「好康」的購物情報之外，在大型購物中心或家電賣場內張貼或擺置的優惠海報傳單，也值得參考。此外，在場聆聽當日舉辦的「タイムセール」（限時拍賣）、「限定販売」（限量拍賣）、「特売会」（特賣會）等廣播更是避免錯失良機的絕佳手段。因此在您踏進賣場時，若能靜下心來先停看聽，說不定可為荷包省下不少資金呢。

　　近年來託多金大陸觀光客之福，日本有許多商場、購物中心也都增添了中文標示，而大型家電量販店也幾乎都有會說中文的店員常駐，對國人來說再方便也不過了，若溝通上發生問題，「中国語の話せる店員さんはいますか」（有會說中文的店員嗎）這句話很快的就能為您解決問題。

　　和台灣一樣，日本國內「ポイントカード」（集點卡）也非常流行。一般來說，超市或美妝等類型的商店，大致上是100日圓可積1點（可折價1日圓）。視店家而定，有些要地方要集滿某個整數才可兌換，有效期限也不長，這對觀光客來說並無實益。不過像「ヨドバシカメラ」（友都八喜）或「ビックカメラ」（相機王）這類大型的家電量販店的點數卡，辦理時既不需要證件，使用期限也幾乎都是長達兩年。最貼心的是當天累積的點數可以馬上使用，也不需要湊到某一整數，再加上這些量販店的回饋率非常高，現金的話甚至可高達百分之十，如果您有打算購買電器相關用品的話，一定要辦一張喔。

📌 **重點提示** 請注意聽「在哪個賣場」、「舉辦什麼優惠活動」、「可以買到怎樣的商品」。

📌 **關鍵單字** 請先記住關鍵單字,可以更容易了解MP3播放的內容。

売り場 **名** **0**:賣場　　　　　　開催 **名** **他サ** **0**:舉辦
う ば　　　　　　　　　　　　　　　　かいさい

手頃 **名** **ナ形** **0**:合適
て ごろ

📌 **聽聽看 MP3-23** 請先聽一次MP3,並回答以下問題,確認聽懂了多少。

📌 **問　題** 請回答以下問題,對的打○,錯的打×。

1. 特別販売会の会場は地下 1 階にあります。（　）
とくべつはんばいかい　かいじょう　ち か いっかい

　 特賣會的會場是在地下1樓。

2. この特別販売会では、手頃な値段で高級ジュエリーが買えます。（　）
とくべつはんばいかい　て ごろ ね だん こうきゅう　　　　　か

　 在這個特賣會,可以合適的價格買到高級珠寶。

　　ご来店のお客様にご案内申し上げます。ただ今、１階洋品・小物売り場におきまして、アクセサリーの特別販売会を開催いたしております。夏のコーディネートに最適なアクセサリーを、カジュアルからフォーマルまで多彩に揃えております。また、ダイヤやパールなどの高級アイテムも、手頃なお値段にてご用意させていただきました。ぜひ、この機会にご利用ください。

📌 **中文翻譯** 對照原文，百分之百理解廣播的內容！

　　敬告各位顧客。現在在1樓洋貨・小飾物賣場正舉辦飾品的特賣會。從日常到正式，最適合夏天搭配的飾品多采多姿、一應俱全。此外，我們也為您準備了價格合理的鑽石或珍珠等高級商品。希望您一定要把握這個機會。

📌 **必學句型** 把下面的句型學起來，聽力原來這麼簡單！

……から……まで　從……到……

ディズニーランドは子供から大人まで楽しめるところです。
迪士尼樂園是從小孩到大人都能盡興的地方。

📌 **延伸學習** 把以下的單字記起來，您就是聽力達人！

化粧品 名 0：化妝品　　　　　インテリア 名 3：室內裝飾
家庭用品 名 4：家庭用品　　　ジュエリー 名 1：珠寶
食品 名 0：食品　　　　　　　お買い得 名 0：划算

前頁問題解答：1.（×），2.（○）

🐛重點提示　請注意聽「當日特賣的商品是什麼」、「打幾折」、「該類商品是不是一律打折」。

🐛關鍵單字　請先記住關鍵單字，可以更容易了解MP3播放的內容。

価格（かかく）名 0 1：價格　　　　　割引（わりびき）名 他サ 0：打折

まとめ買い（が）名 0：一次買齊

🐛聽聽看 MP3-24　請先聽一次MP3，並回答以下問題，確認聽懂了多少。

🐛　問　題　請回答以下問題，對的打○，錯的打×。

1. 本日限りの特売品は冷蔵食品です。（　）
（ほんじつかぎ）（とくばいひん）（れいぞうしょくひん）

　只限本日的特賣品是冷藏食品。

2. 本日の特売には除外品があります。（　）
（ほんじつ）（とくばい）（じょがいひん）

　本日的特賣有不打折的商品。

　　さあ、いらっしゃい、いらっしゃい！本日限り、冷凍食品が大変お買得です。今付いてる価格から、３割引！３割引です！手軽で便利な冷凍食品が、今日ならなんと３割引！いつも大活躍の冷凍食品が、おまとめ買いのチャンスです。あっ、奥様、ごめんなさい。そちらの商品は、割引対象外です。

中文翻譯 對照原文，百分之百理解廣播的內容！

　　快來喔快來喔！只限今天，冷凍食品超划算。現在標示的價格打7折！7折喔！簡單又便利的冷凍食品，今天可是7折喔！這是把日常超好用的冷凍食品一次買齊的機會。啊、這位太太，對不起。那些商品不在打折的對象之內。

必學句型 把下面的句型學起來，聽力原來這麼簡單！

……限り　只限……

抽選はお1人様１回限りです。

抽獎1人只限1次。

延伸學習 把以下的單字記起來，您就是聽力達人！

レトルト 名 ２０：真空食品　　　　売り出し 名 ０：大減價

奉仕品 名 ０：廉價品　　　　　　百円均一 名 ⑤：一百日圓均一

見切り品 名 ０：拋售品　　　　　半額 名 ０：半價

前頁問題解答：**1.** （×），**2.** （○）

ショッピングセンターの呼び出し
購物中心的尋人廣播

🎀 **重點提示** 請注意聽「找誰」、「是誰在找」、「去哪裡會合」。

🎀 **關鍵單字** 請先記住關鍵單字，可以更容易了解MP3播放的內容

呼び出し **名** **0**：呼叫

お越し **名** **自サ** **0**：「来る」**自動** **1**（來）的敬語

お探し **名** **他サ** **0**：「探す」**他動** **0**（找）的敬語

🎀 **聽聽看 MP3-25** 請先聽一次MP3，並回答以下問題，確認聽懂了多少。

🎀 **問 題** 請回答以下問題，對的打○，錯的打✕。

1. これは横浜市緑区から来ている山本さんのお呼び出しです。（ ）

これ是尋找來自橫濱市綠區山本先生的廣播。

2. 待ち合わせの場所は１階のサービスカウンターです。（ ）

會合的地方在1樓的服務台。

廣播原文 請再聽一次MP3，確認是不是掌握所有內容了！

　　本日もご来店いただきまして、誠にありがとうございます。お客様の
お呼び出しを申し上げます。横浜市緑区からお越しの山本様、横浜市緑
区からお越しの山本様、お連れのお客様がお探しでございます。至急、
１階のサービスカウンターまで、お越しください。繰り返し、お客様の
お呼び出しを申し上げます。

中文翻譯 對照原文，百分之百理解廣播的內容！

　　衷心感謝今日光臨本店。以下播放的是來賓尋人的廣播。來自橫濱市
綠區的山本先生、橫濱市綠區的山本先生，和您同行的客人正在找您。請
盡速前往1樓的服務台。再次播放來賓尋人的廣播。

必學句型 把下面的句型學起來，聽力原來這麼簡單！

誠に…… 　真的……，實在是……

大変ご迷惑をおかけしまして、誠に申し訳ございません。

造成您莫大的困擾，實在是對不起。

延伸學習 把以下的單字記起來，您就是聽力達人！

迷子 名 1：走失，迷失　　　　　落し物 名 0：遺失物

お知らせ 名 0：通知　　　　　遺失物取扱所 名 12：失物招領處

迷子センター 名 4：走失服務中心　館内放送 名 5：館內廣播

前頁問題解答：1.（○），2.（○）

🔖**重點提示**　請注意聽「店員的提問」、「客人的答覆」、「收多少錢」、「找多少錢」。

🔖**關鍵單字**　請先記住關鍵單字，可以更容易了解MP3播放的內容。

ポイントカード **名** 5：集點卡　　　　温^{あたた}める **他動** 4：加熱

預^{あず}かる **他動** 3：收

🔖**聽聽看 MP3-26**　請先聽一次MP3，並回答以下問題，確認聽懂了多少。

🔖　**問　題**　請回答以下問題，對的打○，錯的打×。

1. このお客^{きゃく}さんはポイントを集^{あつ}めています。（　）

　　這位客人有在集點數。

2. お弁当^{べんとう}の値段^{ねだん}は５２０円^{ごひゃくにじゅうえん}です。（　）

　　便當的價錢是520日圓。

📌 **廣播原文** 請再聽一次MP3，確認是不是掌握所有內容了！

店員：当店のポイントカードはお持ちでしょうか。

客：はい。

店員：カードをお預かりいたします。お弁当は温めますか。

客：はい、お願いします。

店員：お会計、失礼いたします。４８０円頂戴いたします。1000円お預かりいたします。こちらは５２０円のお返しとレシートになります。お確かめくださいませ。レジ袋はご利用ですか。

客：テープでいいです。

店員：ご協力ありがとうございます。またのご来店をお待ちしております。

📌 **中文翻譯** 對照原文，百分之百理解廣播的內容！

店員：請問您有本店的集點卡嗎？

客人：有。

店員：收您的集點卡。便當要加熱嗎？

客人：要，麻煩你。

店員：對不起為您結帳。480日圓。收您1000日圓。這是找您的520日圓和收據。請確認一下。需要塑膠袋嗎？

客人：貼膠帶就好了。

店員：謝謝您的合作。歡迎再度光臨。

📌 **必學句型** 把下面的句型學起來，聽力原來這麼簡單！

お……いたします 動詞的謙讓用法

できあがりましたら、お席までお持ちいたします。

做好的話會端到您的位子上。

📌 **延伸學習** 把以下的單字記起來，您就是聽力達人！

札 名 0：紙鈔

ドライアイス 名 4：乾冰

コイン 名 1：銅板

お釣り 名 0：找的錢

前頁問題解答：1.（○），2.（×）

商品の置き場所を尋ねる
詢問商品放置的場所

🐛 **重點提示** 請注意聽「客人要找什麼藥」、「客人要找的藥放在哪裡」。

🐛 **關鍵單字** 請先記住關鍵單字，可以更容易了解MP3播放的內容。

置く **他動** 0：放置　　　　　　　通路 **名** 1：通道
棚 **名** 0：架櫃

🐛 **聽聽看 MP3-27** 請先聽一次MP3，並回答以下問題，確認聽懂了多少。

🐛 **問　題** 請回答以下問題，對的打〇，錯的打✕。

1. お客さんが探しているのは風邪薬です。（　）

　 客人正在找的是感冒藥。

2. お客さんが探している薬は2番通路にあります。（　）

　 客人正在找的藥在2號通道上。

客：すみません、胃腸薬はどこに置いてありますか。

店員：胃腸薬なら、2番通路にあります。風邪薬の横の棚です。

客：さっき探したんですけど、見付かりませんでした。

店員：そうですか。じゃ、ご案内いたします。こちらへどうぞ。

客：あっ、ありました。ありがとうございます。

📌 **中文翻譯** 對照原文，百分之百理解廣播的內容！

客人：對不起，請問腸胃藥放在哪裡？
店員：腸胃藥的話，在2號的通道。感冒藥旁邊的架子。
客人：剛剛找過了，可是沒找到。
店員：這樣子啊。那麼我帶您去。請往這邊走。
客人：啊，有了。謝謝。

📌 **必學句型** 把下面的句型學起來，聽力原來這麼簡單！

……けど　但是……

温泉に行きたいんですけど、どこがいいですか。

我想去溫泉，但是哪裡好呢？

📌 **延伸學習** 把以下的單字記起來，您就是聽力達人！

絆創膏 名 0：OK繃　　　　ドリンク剤 名 4：口服液

熱さまシート 名 5：退熱貼　痛み止め 名 0：止痛藥

目薬 名 2：眼藥水　　　　痒み止め 名 0：止癢藥

前頁問題解答：**1.（✕），2.（○）**

🎐 **重點提示**　請注意聽「客人在找什麼商品」、「想要什麼顏色」、「客人的尺寸」、「有沒有存貨」。

🎐 **關鍵單字**　請先記住關鍵單字，可以更容易了解MP3播放的內容。

探す **他動** **0**：找　　　　　　　在庫 **名** **0**：庫存

試着 **名** **他サ** **0**：試穿

🎐 **聽聽看 MP3-28**　請先聽一次MP3，並回答以下問題，確認聽懂了多少。

🎐 **問　題**　請回答以下問題，對的打○，錯的打×。

1. お客さんが探している商品はスカートです。（　）

　客人正在找的商品是裙子。

2. あいにくお客さんが探している商品は、すでに売り切れです。（　）

　很不巧客人要的商品，已經賣光了。

店員：いらっしゃいませ。どうぞお手に取ってご覧ください。
　　　……何かお探しですか。
客：ズボンを探してるんですが、これの紺色はありますか。
店員：今、在庫をお調べして参ります。少々お待ちください。
　　　どのサイズをお召しですか。
客：Mです。
店員：お待たせいたしました。ご試着はなさいますか。
客：はい、お願いします。

🔖 **中文翻譯** 對照原文，百分之百理解廣播的內容！

店員：歡迎光臨。請拿起來看看喔。……請問您有什麼需要嗎？
客人：我在找長褲，這個有深藍色的嗎？
店員：我現在就去查庫存。請稍等一下。請問您穿的是什麼尺寸？
客人：M。
店員：讓您久等了。您要試穿嗎？
客人：要，麻煩你。

🔖 **必學句型** 把下面的句型學起來，聽力原來這麼簡單！

　　……てる　正在……（「……ている」的口語用法）

お兄ちゃんが勉強してるから、テレビの音を小さくしなさい。

哥哥正在讀書，把電視的音量關小一點。

🔖 **延伸學習** 把以下的單字記起來，您就是聽力達人！

取り寄せる 他動 0 4：調貨　　　　　スカーフ 名 2：披巾、領巾

ジーンズ 名 1：牛仔褲　　　　　　カーディガン 名 3 1：針織外套

ミュール 名 1：高跟涼鞋　　　　　レギンス 名 1：內搭褲

前頁問題解答：1.（×），2.（×）

📌 重點提示　請注意聽「客人想試穿什麼」、「客人的感覺」、「店員的建議」、「最後客人買了沒」。

📌 關鍵單字　請先記住關鍵單字，可以更容易了解MP3播放的內容。

デザイン 名 自他サ 2：設計　　　　合わせる 他動 3：搭配

穿く 他動 0：穿（長褲、鞋子等下半身的東西）

📌 聽聽看 MP3-29　請先聽一次MP3，並回答以下問題，確認聽懂了多少。

📌 　問　題　請回答以下問題，對的打〇，錯的打×。

1. お客さんは地味なズボンが好きです。（　）

　客人喜歡樸素的長褲。

2. そのズボンのデザインはかなり複雑です。（　）

　那條長褲的設計相當複雜。

客：すみません、このズボンを穿いてみたいんですけど……。

店員：ご試着ですね。こちらへどうぞ。

客：これって、地味ですか。

店員：そんなことないですよ。それに、シンプルなデザインですから、いろんな服に合わせやすいですし。明るめの上着と合わせれば、華やかな感じも出せますしね。

客：そうですね。こういうズボンが１枚くらいあっても、いいかもしれませんね。じゃ、これをください。

中文翻譯 對照原文，百分之百理解廣播的內容！

客人：不好意思，我想穿穿看這條長褲……。

店員：您要試穿嗎？請往這邊。

客人：這件，會不會太樸素啊？

店員：怎麼會呢。再說，因為是簡潔的設計，和各種服飾很好搭配。若搭配亮色上衣的話，也能顯現出華麗的感覺呢。

客人：這樣啊。有1條這樣的長褲或許不錯。那麼請給我這條。

必學句型 把下面的句型學起來，聽力原來這麼簡單！

……てみたい　想……看看

一度でいいから、沖縄の石垣島へ行って<u>みたい</u>です。

一次就好了，我想去沖繩的石垣島看看。

延伸學習 把以下的單字記起來，您就是聽力達人！

派手 名 ナ形 2：花俏

控え目 名 ナ形 04：保守

上品 名 ナ形 3：高雅

個性的 ナ形 0：個性的

きつい イ形 02：緊的

緩い イ形 2：鬆的

前頁問題解答：**1.**（×），**2.**（×）

30 返品と割引の確認　退貨和折扣的確認

🔖 **重點提示**　請注意聽「客人試穿了沒」、「客人購買的尺寸」、「可不可以退貨和交換」、「折扣的方式」。

🔖 **關鍵單字**　請先記住關鍵單字，可以更容易了解MP3播放的內容。

承る 他動 ⑤：接受　　　　　　　行う 他動 ⓪：施行

以上 名 ①：以上

🔖 **聽聽看 MP3-30**　請先聽一次MP3，並回答以下問題，確認聽懂了多少。

🔖 **問　題**　請回答以下問題，對的打○，錯的打×。

1. この店では返品はできませんが、交換は可能です。　（　）

　　這家店雖然不能退貨，但可以換貨。

2. 一度の会計で2点以上を買うと、さらに2割引となります。　（　）

　　1次結帳購買2件以上的話，還可以再打8折。

店員：ご試着はお済みでいらっしゃいますか。サイズのご確認をお願い
いたします。こちらはＭサイズでよろしいですか。

客：はい。

店員：当店では返品、交換は 承 っておりませんので、ご了承くださ
い。本日は、 1度のお会計で2点以上お買い上げいただきます
と、 更に20パーセントの割引となっております。お会計後の継
ぎ足しでの割引は行っておりませんが、お買い物は以上でよろし
いですか。

客：ええ、いいです。

📌 **中文翻譯** 對照原文，百分之百理解廣播的內容！

店員：您試穿過了嗎？麻煩您確認一下尺寸。這件M號可以嗎？

客人：是的。

店員：因為本店不接受退貨和換貨，請您見諒。今天一次結賬購買2件以
上的話，還可以再打8折。結賬後追加沒有打折，您還有沒有要買
的東西呢？

客人：嗯，沒有了。

📌 **必學句型** 把下面的句型學起來，聽力原來這麼簡單！

更に……　　再，更加……

軟水を料理に使えば、更においしくなります。

料理使用軟水的話，會更加美味。

📌 **延伸學習** 把以下的單字記起來，您就是聽力達人！

Ｓサイズ 名 3：S號　　　　　直す 他動 2：修改

Ｌサイズ 名 3：L號　　　　　丈を詰める：裁短長度

Ｆサイズ 名 4：通用尺寸　　　中敷き 名 0：鞋墊

前頁問題解答：1.（×），2.（○）

第五單元
電視

日本電視全面數位化的新里程

日本電視在2011年7月24日起正式全面「デジタル化」（數位化），播放了半世紀以上的「アナログ」（類比）電視，也從此成為歷史。以往類比電視的傳播方式，很容易因為高大建築物等影響，產生雜音或雜訊，而新的傳播方式便可免除這些困擾。再加上數位電視16：9的「ハイビジョン」（高解析度）螢幕和幾乎可和音響並駕齊驅的聲效，也讓觀賞電視增添了前所未有的臨場感。

除了視覺、聽覺方面的改善與革新，在實用性、娛樂性和便利性方面也都有長足的進步。日本以往的類比電視如果要看字幕，必須裝設特別的接收器，現在只要按上顯示字幕的功能鍵，甚至有些「生放送」（實況轉播）也能參考字幕，這對聽力不佳的觀眾來說增添了不少的便利性。

對筆者而言，最感興趣的莫過於節目解說和花絮報導，只要輕觸「連動データ」（連動資訊）的按鍵，就能獲得許多相關的訊息。例如連續劇可確認劇情大綱和演出人物，運動節目可參考比賽經過和選手介紹，有的節目甚至還提供觀眾猜謎活動和問卷調查呢。

最有實益性、和生活息息相關的新聞、氣象、交通、災情等即時報導，更是數位化電視的重要突破。報導範圍涵蓋全國各地，可說是鉅細靡遺。有機會來日本的朋友，不妨也來親身體驗一下這先進數位電視的實用性與樂趣吧。

🎣**重點提示** 請注意聽「梅雨鋒面從哪個方向往哪個方向前進」、「會造成怎樣的情況」、「因此必須注意什麼」、「此狀況將持續到什麼時候」。

🎣**關鍵單字** 請先記住關鍵單字，可以更容易了解MP3播放的內容。

梅雨前線 **名** 4：梅雨鋒面　　　　活発 **ナ形** 0：旺盛
ばいうぜんせん　　　　　　　　　　　　　かっぱつ

見込み **名** 0：估計，可能性
みこ

🎣**聽聽看 MP3-31** 請先聽一次MP3，並回答以下問題，確認聽懂了多少。

🎣 **問　題** 請回答以下問題，對的打○，錯的打×。

1. 梅雨前線の影響で、西日本ではこれから激しい雨が降りそうです。（　）
ばいうぜんせん　えいきょう　　にしにほん　　　　　　　　はげ　　あめ　ふ

　因梅雨鋒面的影響，西日本接下來將會下大雨。

2. この大雨は明日の朝まで続く見込みです。（　）
おおあめ　あす　あさ　　つづ　みこ

　這場大雨估計將持續到明天的早晨。

梅雨前線が西から北上し、東日本で活動が活発となっています。その
ため東日本はこのあとも雨で、１時間に７０ミリ以上の非常に激しい雨
の降るところもあるでしょう。土砂災害や川の増水、低い土地の浸水な
どに警戒が必要です。この大雨は、明日の夕方まで続く見込みです。

中文翻譯 對照原文，百分之百理解廣播的內容！

梅雨鋒面由西北上，在東日本的活動會變得很旺盛。所以東日本接下
來有可能也會下雨，有些地方也會下1小時70毫米以上非常激烈的大雨。
對於土石流災害、河川漲水、低窪地區浸水等有警戒的必要。這個大雨預
計將持續到明天的傍晚。

必學句型 把下面的句型學起來，聽力原來這麼簡單！

……見込み　預計……

彼は今年の３月に卒業する見込みです。

他預計在今年的3月畢業。

延伸學習 把以下的單字記起來，您就是聽力達人！

桜前線 名 4：櫻花前線（日本每年預測櫻花開放日期所做的預報，因日
　　　　　　　　期分布曲線有如鋒面，因而得名）

寒冷前線 名 5：冷鋒　　　　　　低気圧 名 3：低氣壓

雷雨 名 1：雷雨　　　　　　　　集中豪雨 名 5：局部性豪雨

にわか雨 名 4：驟雨

前頁問題解答：**1.（×），2.（×）**

🎣 重點提示　請注意聽「一組有什麼內容」、「多少錢」、「含不含稅」、
　　　　　　「電話號碼」。

🎣 關鍵單字　請先記住關鍵單字，可以更容易了解MP3播放的內容。

色違い _{いろちが} 名 ③：不同顏色　　　　　付ける _つ 他動 ②：附加

提供 _{ていきょう} 名 他サ ⓪：提供

🎣 聽聽看 MP3-32　請先聽一次MP3，並回答以下問題，確認聽懂了多少。

🎣 　問　題　請回答以下問題，對的打○，錯的打✕。

1. この布団セットの価格は税別です。（　）

　　這個棉被組價格是不含稅的。

2. この布団セットには、布団カバーは付いていません。（　）

　　這棉被組不附被套。

　　敷き布団に掛け布団、枕、枕カバー、収納袋5点をセットで、更に色違いでもう１組をお付けして、全部で合計10点、ふっくら布団セット2色組をなんと税込み９９８０円、９９８０円でご提供します。ふっくら布団セット2色組、この機会にぜひお買い求めください。お電話番号は０１２０－１１４７８９、０１２０－１１４７８９です。今すぐお電話を。

中文翻譯 對照原文，百分之百理解廣播的內容！

　　墊被加上蓋被、枕頭、枕頭套、收藏袋5件1組，再加上顏色不一樣的另1組，全部共計10件，軟膨膨棉被雙色組特別以含稅9980日圓、9980日圓提供。請您務必利用這個機會購買軟膨膨棉被雙色組。電話號碼是0120－114789、0120－114789，請現在立刻撥打電話。

必學句型 把下面的句型學起來，聽力原來這麼簡單！

……に　加上……（接續助詞表示列舉）

伊勢海老に鮑、松茸、まだまだ食べたいものがたくさんあります。
龍蝦加上鮑魚、松茸，還有很多想吃的東西。

延伸學習 把以下的單字記起來，您就是聽力達人！

フリーダイヤル 名 4：免費電話　　　　手数料 名 2：手續費

ネットショッピング 名 4：網購　　　　送料 名 1 3：郵費，運費

カタログ 名 0：商品目錄

通販 名 1：郵購（「通信販売 5」的省略）

前頁問題解答：1.（×），2.（○）

🎣重點提示　請注意聽「什麼時候」、「在哪裡」、「發生怎樣的車禍」、
「造成什麼傷害」、「肇事者如何處置」。

🎣關鍵單字　請先記住關鍵單字，可以更容易了解MP3播放的內容。

突っ込む **自他動** **3**：衝進　　　　巻き込む **他動** **3**：捲入
調べる **他動** **3**：調査

🎣聽聽看 MP3-33　請先聽一次MP3，並回答以下問題，確認聽懂了多少。

🎣　問　題　請回答以下問題，對的打〇，錯的打×。

1. この事故に巻き込まれた女性は即死でした。（　　）

　被捲入這場車禍的女性當場死亡。

2. 運転していた男性が現行犯で逮捕されました。（　　）

　駕駛的男性依現行犯被逮捕了。

今日、午後３時頃、東京都港区の一般道路のバス停にワゴン車が突っ込み、ガードレールを乗り上げて横転しました。この事故で、歩道にいた３０才の女性が巻き込まれ、意識不明の重体です。警察は車を運転していた男性会社員を逮捕し、事故の原因や状況を詳しく調べています。

中文翻譯 對照原文，百分之百理解廣播的內容！

今日下午3點左右，一輛休旅車衝進位於東京都港區一般道路的公車站，並越過護欄翻車。在人行道上的30歲女性被捲入這起車禍，身受昏迷的重傷。警察逮捕駕駛的男性上班族，並詳細調查車禍的原因和狀況中。

必學句型 把下面的句型學起來，聽力原來這麼簡單！

……に　在……（表示人事物存在的場所或位置）

家の前に知らない車が止まっています。

家門前停了一台不知道是誰的車子。

延伸學習 把以下的單字記起來，您就是聽力達人！

トラック 名 2：卡車　　　　　　大型バイク 名 5：重型機車

軽傷 名 0：輕傷　　　　　　　　打撲 名 他サ 0：撞傷

全治 名 自サ 1：痊癒

原付 名 0：50cc輕型機車（「原動機付き自転車 9」的省略）

料理番組　烹飪節目
りょうり ばんぐみ

🐾重點提示　請注意聽「材料要怎麼切、怎麼處理」、「用量」、「注意事項」、「最後要加上什麼」。

🐾關鍵單字　請先記住關鍵單字，可以更容易了解MP3播放的內容。

切る 他動 **1**：切　　　　　　　　　煮立てる 他動 **3**：煮開
き　　　　　　　　　　　　　　　　　に た

加える 他動 **0 3**：加入
くわ

🐾聽聽看 MP3-34　請先聽一次MP3，並回答以下問題，確認聽懂了多少。

🐾 問　題　請回答以下問題，對的打〇，錯的打×。

1. 教えているのは豆腐とわかめの味噌汁です。（　）
おし　　　　　　　とう ふ　　　　　　　み そ しる

　　教的是豆腐和裙帶芽的味噌湯。

2. 豆腐とわかめを加えてからのポイントは、じっくり煮込むことです。（　）
とう ふ　　　　　　くわ　　　　　　　　　　　　　　　　　　に こ

　　加入豆腐和裙帶芽之後的重點，是要燉煮久一點。

まず、豆腐はさいの目に切ります。わかめは水に戻して、食べやすい大きさに切ります。それから昆布と鰹だし500ｃｃを煮立て、味噌を溶き入れます。ブツブツしてきたら、豆腐とわかめを加えて、煮立てないように１分ほど煮ます。最後に白髪ネギを散らして、できあがりです。簡単でおいしく作れますので、ぜひお試しください。

中文翻譯 對照原文，百分之百理解廣播的內容！

　　首先，請把豆腐切成小四方塊。裙帶芽泡水還原後切成容易食用的大小。隨後，將500cc的昆布柴魚高湯煮開，放入味噌使其化開。在開始冒氣泡的時候，加入豆腐和裙帶芽，煮1分鐘左右，不要煮開。最後灑些蔥白絲便大功告成。因為做法簡單又美味，您一定要試試看。

必學句型 把下面的句型學起來，聽力原來這麼簡單！

……ように　表示懇求或期待

風邪をひかないように気を付けてください。

請小心以免感冒。

延伸學習 把以下的單字記起來，您就是聽力達人！

みじん切り 名 0：切成碎末

千切り 名 0：切絲

薄切り 名 0：切薄片

焼く 他動 0：烤，煎

炒める 他動 3：炒

味付け 名 他サ 0：調味

前頁問題解答：1.（○），2.（×）

🎵 重點提示　請注意聽「主角是誰」、「連續劇主要描寫的內容」、「這是
　　　　　哪一類型的連續劇」、「何時開始播出」。

🎵 關鍵單字　請先記住關鍵單字，可以更容易了解MP3播放的內容。

<ruby>注目<rt>ちゅうもく</rt></ruby> 名 自他サ 0：矚目　　　　　　　<ruby>見舞<rt>みま</rt></ruby>う 他動 2 0：遭遇，探病

スタート 名 自サ 2：開始

🎵 聽聽看 MP3-35　請先聽一次MP3，並回答以下問題，確認聽懂了多少。

🎵　問　題　請回答以下問題，對的打〇，錯的打×。

1. この<ruby>連続<rt>れんぞく</rt></ruby>ドラマは、<ruby>4月<rt>しがつ</rt></ruby>からオンエアされる「<ruby>月9<rt>げつく</rt></ruby>」の<ruby>新<rt>あたら</rt></ruby>しいドラマ

　　です。（　）

　　這個連續劇是即將在4月起播出的「週一晚間9點」新連續劇。

2. 『<ruby>桜<rt>さくら</rt></ruby>が<ruby>咲<rt>さ</rt></ruby>く』は<ruby>泣<rt>な</rt></ruby>ける<ruby>恋愛<rt>れんあい</rt></ruby>ドラマです。（　）

　　《櫻花盛開》是齣感人熱淚的戀愛連續劇。

　今、最も注目されている１９才の西田幸恵が、連続ドラマ初主演！学級崩壊に見舞われていたクラスにやってきた新米教師。厳しい現実に直面しながらも、前向きにつき進む教師と、変化していく生徒たちの感動学園ドラマ『桜が咲く』は、4月1日月曜日夜9時からのスタートです。ぜひ、お見逃しのないように！

中文翻譯 對照原文，百分之百理解廣播的內容！

　　當今最受矚目、19歲的西田幸惠首度主演連續劇！初出茅廬的教師來到適逢秩序瓦解的班級。儘管面對嚴峻的現實仍勇往直前的老師，與逐漸蛻變的學生們之感人肺腑的校園連續劇《櫻花盛開》，即將在4月1日週一晚間9點開始。請千萬不要錯過！

必學句型 把下面的句型學起來，聽力原來這麼簡單！

……ながらも　儘管……也

不愉快に思いながらも、顔には出しません。

儘管感覺不愉快，也不會表現在臉上。

延伸學習 把以下的單字記起來，您就是聽力達人！

主役 名 0：主角	サスペンス 名 1：緊張懸疑劇
脇役 名 0：配角	昼ドラ 名 0：午間連續劇
時代劇 名 2：古裝劇	バラエティー 名 2：綜藝節目

前頁問題解答：**1.（○），2.（×）**

第六單元
學校與公司

敬語

　　敬語是日本社會生活不可或缺的表達方式，無論是工作往來或其他公眾場合的各種場面，都聽得到敬語，也用得到敬語。日本人對語言本來就十分纖細敏感，因此對遣詞用句也相對的講究謹慎，即使是禁止事項或拒絕別人，也都力求婉轉。對於必須尊重的長輩、上司、顧客等對象，自然就衍生出這套貶低自己表示謙讓或提高對方身分地位表示尊敬的敬語說法。

　　日本的敬語表現大致可分成三類。一為運用動詞尊敬的表達方式提高對方身分地位以示敬意的「尊敬語」。尊敬語有下述的三種常見的用法，一為「お＋動詞ます形＋になります」或「ご＋サ變動詞語幹＋になります」，如「先生<ruby>せんせい</ruby>はいつお帰<ruby>かえ</ruby>りになりますか」（老師什麼時候回去呢），和「動詞未然形＋れる・られる」，如「読<ruby>よ</ruby>まれる」（讀），以及特殊尊敬語動詞，如「召<ruby>め</ruby>し上<ruby>あ</ruby>がる」（吃，喝）。

　　第二類為藉由自謙的表達方式描述自己和己方的行為動作，來表達對對方和話題人物敬意的「謙讓語」。「お＋動詞ます形＋します」或「ご＋サ變動詞語幹＋します」，如「お願<ruby>ねが</ruby>いします」（拜託您），和特殊謙讓語動詞如「拝見<ruby>はいけん</ruby>します」（看，讀）為一般用法，若把「します」改成「いたします」則為更客氣的說法。

　　最後一類，也就是說話者對聽話者表示客氣，以及自身修養的「丁寧語」。這也是初學者最常接觸、在句尾接「～です」、「～ます」的形式。以上用法看似繁複，若把握要領多聽多練習，相信很快的就能熟稔基本的敬語用法。

🐛 **重點提示** 請注意聽「小愛在猶豫什麼」、「小愛讀什麼科系的可能性最大」、「麻友為什麼不繼續升學」。

🐛 **關鍵單字** 請先記住關鍵單字，可以更容易了解MP3播放的內容。

すす
進む 自動 0：進，升

まよ
迷う 自動 2：猶豫

き
決まる 自動 0：一定，決定

🐛 **聽聽看 MP3-36** 請先聽一次MP3，並回答以下問題，確認聽懂了多少。

🐛 **問　題** 請回答以下問題，對的打〇，錯的打×。

あい　　　　　りがくぶ　　はい　　かのうせい　　　　こうがくぶ　　　　　　たか
1. **愛さんが理学部に入る可能性は、工学部よりも高いです。（　）**

愛小姐進理學院的可能性，比工學院還要高。

まゆ　　　　　　しんがく　　　　　　　　　　　き
2. **麻友さんは進学しないことに決めました。（　）**

麻友小姐決定不升學了。

🎵 **廣播原文** 請再聽一次MP3，確認是不是掌握所有內容了！

麻友：愛ちゃん、大学で何を勉強したい。

　愛：じつはまだ、理学部に進むか工学部に進むか、迷ってるところなの。本当は数学が好きだから理学部に入りたいんだけど、就職のことを考えると、やっぱり工学部かな。麻友ちゃんは。

麻友：就職に決まってるじゃん。勉強は苦手だし、大学に行くお金もないし……。

🎵 **中文翻譯** 對照原文，百分之百理解廣播的內容！

麻友：小愛，妳想在大學學什麼？

　愛：實際上還在猶豫是要進理學院還是工學院呢。其實真正喜歡的是數學因此想進理學院，但考慮到就業的話，還是工學院吧。麻友呢？

麻友：當然是就業囉。我不僅不擅長讀書，也沒上大學的錢……。

🎵 **必學句型** 把下面的句型學起來，聽力原來這麼簡單！

……に決まっている　一定會……，一定是……

あれだけ勉強したんだから、受かるに決まっている。

都那麼用功了，所以一定會考上的。

🎵 **延伸學習** 把以下的單字記起來，您就是聽力達人！

短期大学 名 4 ：短期大學　　　法学部 名 4 3 ：法學院

専門学校 名 5 ：專科學校　　　教育学部 名 5 ：教育學院

医学部 名 3 ：醫學院　　　　　奨学金 名 0 ：獎學金

前頁問題解答：1.（×），2.（○）

📌 重點提示　請注意聽「高橋老師教什麼課程」、「為什麼受歡迎」、「要選他的課容不容易」。

📌 關鍵單字　先記住關鍵單字，可以更容易了解MP3播放的內容。

授業 名 自サ 1：課程，上課　　　　取る 他動 1：選
じゅぎょう　　　　　　　　　　　　　　　　と

もたもた 副 自サ 1：動作緩慢

📌 聽聽看 MP3-37　請先聽一次MP3，並回答以下問題，確認聽懂了多少。

📌 問　題　請回答以下問題，對的打〇，錯的打✕。

1. 高橋先生の授業は面白いので、とても人気があります。（　）
たかはしせんせい　じゅぎょう　おもしろ　　　　　　にんき

高橋老師的課很有趣，因此非常受歡迎。

2. 日本近代文学史の授業はすでに満員です。（　）
にほんきんだいぶんがくし　じゅぎょう　　　　まんいん

日本近代文學史的課程已經額滿了。

同級生：清水さん、高橋先生の授業、取ったことある。

清水：高橋先生って、あの日本近代文学史の高橋先生。

同級生：そう。あの先生、どう。授業、取ってみようかなって思ってる
んだけど……。

清水：高橋先生の授業すっごく面白いよ。めちゃくちゃ人気あるか
ら、もたもたしてると満員になって取れなくなっちゃうよ。

同級生：うっそ～、やばい。

📌 **中文翻譯** 對照原文，百分之百理解廣播的內容！

同學：清水同學，你選過高橋老師的課嗎？
清水：你說的高橋老師，是那位教日本近代文學史的高橋老師嗎？
同學：對。那個老師怎樣？我在想要不要選他的課……。
清水：高橋老師的課非常有趣喔！因為太受歡迎了，慢吞吞的話，就會額
滿選不上喔！
同學：不會吧～，糟了！

📌 **必學句型** 把下面的句型學起來，聽力原來這麼簡單！

……って 「……というのは」的口語說法，表示主題

花子って、あのお笑い芸人の山田花子でしょう。

你說的花子，是那個搞笑藝人山田花子吧？

📌 **延伸學習** 把以下的單字記起來，您就是聽力達人！

単位 名 1：學分 　　　　　 つまらない イ形 3：無聊的

採点 名 他サ 0：打分數 　　追試験 名 4 3：補考

厳しい イ形 3：嚴格 　　　　留年 名 自サ 0：留級

前頁問題解答：1.（○），2.（×）

🎯 **重點提示**　請注意聽應徵者「應徵的動機」、「想做長期還是短期」、
　　　　　　　　「身分」、「期望的工作時間」。

🎯 **關鍵單字**　請先記住關鍵單字，可以更容易了解MP3播放的內容。

理由 名 **0**：理由　　　　　　　　　　**働く** 自動 **0**：工作，勞動
勤務時間 名 **4**：工作時間

🎯 **聽聽看 MP3-38**　請先聽一次MP3，並回答以下問題，確認聽懂了多少。

🎯 　**問　題**　請回答以下問題，對的打○，錯的打×。

1. この応募者がこの店を選んだ理由は、時給がいいからです。（　）

　這個應徵者選這家店的理由是因為時薪好。

2. この応募者は学生なので、休日しか働けません。（　）

　因為這個應徵者是個學生，所以只能在假日工作。

店長：当店を志望された理由をお聞かせください。

応募者：こちらのハンバーガーが好きで、よく食べに来るんです。それに、家からも近いですから。

店長：長期で働けますか。

応募者：はい、長期で働かせていただきたいと思っております。

店長：週にどれくらい勤務できますか。ご希望の勤務時間はありますか。

応募者：学生なので、できれば週2日で、平日の夜か休日にお願いしたいんですが……。

📌 **中文翻譯** 對照原文，百分之百理解廣播的內容！

店長：請問你希望到本店工作的理由。

應徵者：因為我喜歡這裡的漢堡，常常來吃。還有離家也很近的緣故。

店長：你能做長期的嗎？

應徵者：可以，我希望能讓我做長期的。

店長：一星期能工作幾天呢？有期望的工作時間嗎？

應徵者：因為我是個學生，可以的話，想拜託您一星期2天，平日的晚上或假日……。

📌 **必學句型** 把下面的句型學起來，聽力原來這麼簡單！

……か…… ……或者……

平日の朝食はそば<u>か</u>うどんが多いです。

平日的早餐，以蕎麥麵或烏龍麵居多。

📌 **延伸學習** 把以下的單字記起來，您就是聽力達人！

短期 名 1：短期

早番 名 0：早班

派遣 名 他サ 0：派遣

月給 名 0：月薪

夜勤 名 自サ 0：夜班

手当 名 他サ 1：津貼

前頁問題解答：1.（×），2.（×）

📌 **重點提示**　請注意聽「客人想辦理什麼手續」、「辦理前要做什麼」、
　　　　　　「顧客帶了什麼證件」。

📌 **關鍵單字**　請先記住關鍵單字，可以更容易了解MP3播放的內容。

ようけん
要件 名 ③：事情

こうざ
口座 名 ⓪：戶頭

かくにん
確認 名 他サ ⓪：確認

📌 **聽聽看 MP3-39**　請先聽一次MP3，並回答以下問題，確認聽懂了多少。

📌 **問　題**　請回答以下問題，對的打○，錯的打×。

ばんごうふだ　まどぐち
1. **番号札は窓口でもらいます。**（　）

　　號碼牌要在窗口領取。

きゃく　　　ていじ　　しょうめいしょ
2. **このお客さんが提示した証明書はパスポートです。**（　）

　　這位客人出示的證明文件是護照。

銀行員：いらっしゃいませ。お客様、今日はどういったご用件で……。

客：口座を作りたいんです。

銀行員：それでしたら、まずこちらの機械で番号札をお取りください。番号が表示されましたら、窓口へどうぞ。お手数ですが、お待ちの際、こちらの申し込み用紙にご記入ください。本日は、ご本人だと確認できる書類をお持ちでしょうか。

客：はい。外国人登録証明書を持ってきました。

📌 **中文翻譯** 對照原文，百分之百理解廣播的內容！

行員：歡迎光臨。請問今天要辦什麼呢？

客人：我想開戶。

行員：那麼請先從這個機器抽取號碼牌。號碼若顯示出來，請前往窗口。麻煩您在等候時填妥這張申請表。您今天有帶可確認是本人的證明文件嗎？

客人：有。我帶了外國人登錄證。

※因外國人登錄制度的廢止，外國人登錄證現今已改為「在留カード」（在留卡）。

📌**必學句型** 把下面的句型學起來，聽力原來這麼簡單！

　　……の際　　……的時候

カード申請の際には、本人確認ができる書類の提示が必要です。

申請信用卡的時候，需要出示可確認本人的證件。

📌**延伸學習** 把以下的單字記起來，您就是聽力達人！

振り込み 名 ⓪：匯款

払い込み 名 ⓪：繳納

学生証 名 ⓪：學生證

身分証明書 名 ⑧ ⓪：身分證明文件

保険証 名 ⓪：保險證

免許証 名 ⓪：駕駛執照

前頁問題解答：1.（✕），2.（✕）

🎣**重點提示**　請注意聽「田中小姐為什麼請假」、「店長的回答」、「如果翌日也無法上班的話該如何」。

🎣**關鍵單字**　請先記住關鍵單字，可以更容易了解MP3播放的內容。

<ruby>休<rt>やす</rt></ruby>む **自動** **2**：請假，休息　　　　　<ruby>無理<rt>むり</rt></ruby> **名** **ナ形** **1**：勉強，困難

<ruby>早<rt>はや</rt></ruby>め **名** **ナ形** **3**：提早

🎣**聽聽看 MP3-40**　請先聽一次MP3，並回答以下問題，確認聽懂了多少。

🎣 **問　題**　請回答以下問題，對的打○，錯的打×。

1. <ruby>田中<rt>た なか</rt></ruby>さんは<ruby>急用<rt>きゅうよう</rt></ruby>ができたので、<ruby>休<rt>やす</rt></ruby>みを<ruby>取<rt>と</rt></ruby>りました。（　）

   田中小姐因為臨時有事，所以請了假。

2. <ruby>明日<rt>あした</rt></ruby>も<ruby>無理<rt>む り</rt></ruby>なら、<ruby>早<rt>はや</rt></ruby>めに<ruby>連絡<rt>れんらく</rt></ruby>すればいいです。（　）

   明天也不行的話，早點聯絡就好。

田中：もしもし、田中です。おはようございます。すみませんが、店長
　　　をお願いできますか。

店長：おはよう。どうしたの。

田中：体調が悪いので、今日は休ませていただきたいんですが……。

店長：具合が悪いんだから、しょうがないよ。今日は無理しないで、
　　　ゆっくり休んで。明日も調子悪かったら、早めに電話ちょうだい。

田中：ご迷惑をおかけして、すみません。

店長：お大事に。

📌 **中文翻譯** 對照原文，百分之百理解廣播的內容！

田中：喂，我是田中。您早。能麻煩你請店長聽電話嗎？

店長：早。怎麼了？

田中：因為身體不舒服，今天可以讓我請假嗎……？

店長：既然是身體不舒服，沒辦法囉。今天不要勉強，好好休息。明天也
　　　不舒服的話，早點給我電話。

田中：不好意思，給您添麻煩了。

店長：保重。

📌 **必學句型** 把下面的句型學起來，聽力原來這麼簡單！

> ……ないで　不要……

赤ちゃんがいるから、タバコは吸わないでください。

有嬰兒在，請不要抽菸。

📌 **延伸學習** 把以下的單字記起來，您就是聽力達人！

欠席 名 自サ 0：缺席	急用 名 0：急事
遅刻 名 自サ 0：遲到	寝坊 ナ形 名 自サ 0：睡過頭
早退 名 自サ 0：早退	連絡 名 他サ 0：聯絡

前頁問題解答：1.（×），2.（○）

🎣 **重點提示** 請注意聽「山本小姐被分派到什麼單位」、「第一天上班的心情」、「對自己有什麼期望」。

🎣 **關鍵單字** 請先記住關鍵單字，可以更容易了解MP3播放的內容。

紹介（しょうかい） 名 他サ ⓪：介紹　　　　　　配属（はいぞく） 名 他サ ⓪：分派

緊張（きんちょう） 名 自サ ⓪：緊張

🎣 **聽聽看 MP3-41** 請先聽一次MP3，並回答以下問題，確認聽懂了多少。

🎣 　問　題　請回答以下問題，對的打○，錯的打×。

1. 山本（やまもと）さんは今日（きょう）から総務部（そう む ぶ）に配属（はいぞく）されました。（　）

　山本小姐從今天起被分派到總務部。

2. 山本（やまもと）さんは早（はや）く仕事（し ごと）に慣（な）れて、会社（かいしゃ）の役（やく）に立（た）ちたいと思（おも）っています。（　）

　山本小姐希望能盡早習慣工作，對公司有幫助。

部長：みんな、ちょっといいかな。紹介します。こちらは今日から人事部に配属された山本さんです。

山本：おはようございます。ただいまご紹介いただきました山本です。山本美奈と申します。今日は初出社ということで少し緊張していますが、1日も早く職場に慣れて、皆さんとも仲良くなりたいと思います。どうぞよろしくお願いします。

📌 **中文翻譯** 對照原文，百分之百理解廣播的內容！

部長：各位，聽一下好嗎？做個介紹。這位是從今天起被分派到人事部的山本小姐。

山本：早安。我是剛剛承蒙介紹的山本。我叫山本美奈。因為今天是第一天上班有點緊張，希望能早日習慣工作環境，並與大家相處和睦。請多多指教。

📌 **必學句型** 把下面的句型學起來，聽力原來這麼簡單！

初……　造語，表示最初、首次

日本では、お正月に神社に初詣に行く習慣があります。

日本在新年有去神社參拜的習慣。

📌 **延伸學習** 把以下的單字記起來，您就是聽力達人！

転勤 名 自サ ０：調職	左遷 名 他サ ０：降職
退社 名 自サ ０：辭職，下班	昇進 名 自サ ０：高昇
異動 名 他サ ０：調動	初売り 名 ０：新年開市

🎣重點提示　請注意聽「拜訪者來自哪家公司」、「想見哪個部門的誰」、
「有無事先約定」、「要等多久」。

🎣關鍵單字　請先記住關鍵單字，可以更容易了解MP3播放的內容。

会う　自動 1 ：見面，會晤　　　　忙しい　イ形 4 ：忙碌

アポ 名 1 ：「アポイントメント 2 」的省略、約定

🎣聽聽看 MP3-42　請先聽一次MP3，並回答以下問題，確認聽懂了多少。

🎣　問　題　請回答以下問題，對的打〇，錯的打×。

1. 二宮さんは遠藤さんと会う約束はしていません。（　　）

二宮先生和遠藤先生沒約好要見面。

2. 遠藤さんはあと20分ほどで来るそうです。（　　）

據說遠藤先生大約20分鐘後會過來。

二宮：おはようございます。いつもお世話になっております、元気物産
　　　の二宮と申します。今日は、営業部の遠藤さんにお会いしたいん
　　　ですが……。

受付：お世話になっております。失礼ですが、アポはお取りでいらっ
　　　しゃいますか。

二宮：いいえ。たまたま近くまで来たので、お会いできればと思ったも
　　　のですから……。

受付：かしこまりました。忙しくなければ、だいじょうぶだと思い
　　　ます。今、確認の電話をしてみますので、少々お待ちくださ
　　　い。……あと10分ほどしたら、こちらに来られるそうですの
　　　で、あちらのソファーにお掛けになってお待ちいただけますか。

📌 **中文翻譯** 對照原文，百分之百理解廣播的內容！

二宮：您早，我是一直承蒙關照、元氣物產的二宮。今天我想見營業部的
　　　遠藤先生……。

櫃檯：謝謝您的照顧。不好意思，請問您約好了嗎？

二宮：沒有。因為我剛好來到這附近，所以想說如果可以見面的話……。

櫃檯：好的。如過不忙的話，我想是沒問題的。我現在馬上打電話確認看
　　　看，請您稍待一會兒。……聽說再10分鐘就可以過來，所以可以請
　　　您坐在那邊的沙發稍待一會兒嗎？

📌 **必學句型** 把下面的句型學起來，聽力原來這麼簡單！

……ば　……的話

天気がよければ、ここから富士山が見えますよ。

天氣好的話，從這裡可以看到富士山喔。

📌 **延伸學習** 把以下的單字記起來，您就是聽力達人！

常務取締役 名1：常務董事　　　　　　　接客中 名0：會客中

前頁問題解答：**1.**（○），**2.**（×）

🐾 **重點提示**　請注意聽「2人各屬什麼公司的什麼單位」、「被提及的漢字唸法」。

🐾 **關鍵單字**　請先記住關鍵單字，可以更容易了解MP3播放的內容。

読む **他動** 1：唸，閱讀　　　　　　珍しい **イ形** 4：少見的
よ　　　　　　　　　　　　　　　　　　　めずら

頂戴 **名 他サ** 0 3：「もらう 0 」的敬語、領受
ちょうだい

🐾 **聽聽看 MP3-43**　請先聽一次MP3，並回答以下問題，確認聽懂了多少。

🐾 **問　題**　請回答以下問題，對的打〇，錯的打✕。

1. この2人は初対面です。（　）
　 ふたり　しょたいめん

　 這2位是初次見面。

2. 小川さんの名字はあまり見ないので、読める人は少ないです。（　）
　 おがわ　　　みょうじ　　　　み　　　　　　よ　　　ひと　すく

　 因為小川小姐的姓不常見，所以會唸的人不多。

山本：はじめまして、元気物産商品開発部の山本と申します。どうぞよ
　　　ろしくお願いします。（名刺を渡す。）

小川：美味食品営業部の小川でございます。こちらこそよろしくお願い
　　　します。（名刺を渡す。）

山本：頂戴いたします。失礼ですが、小川さんの下のお名前は何とお読
　　　みしたら……。

小川：古代子です。小川古代子です。珍しい名前でしょう。

📌 **中文翻譯** 對照原文，百分之百理解廣播的內容！

山本：初次見面，我是元氣物產商品開發部的山本。請多多指教。（遞名
　　　片。）

小川：我是美味食品營業部的小川。也請您多多指教。（遞名片。）

山本：謝謝您。不好意思，小川小姐下面的名字怎麼唸才好呢？

小川：古代子。小川古代子。很罕見的名字吧！

📌 **必學句型** 把下面的句型學起來，聽力原來這麼簡單！

失礼ですが……　不好意思……

失礼ですが、もう１度お名前をいただけますか。

不好意思，能再告訴我一次您的大名嗎？

📌 **延伸學習** 把以下的單字記起來，您就是聽力達人！

アドレス 名 1 0：網址，地址　　　　工務部 名 3：工務部

技術部 名 3：技術部　　　　　　　本社 名 1：總公司

製造部 名 3：製造部　　　　　　　ポピュラー 名 ナ形 1：大眾化

前頁問題解答：**1.**（○），**2.**（×）

🔖 **重點提示** 請注意聽「最近的車站在哪裡」、「怎麼去」、「搭什麼線」、
「在哪裡換電車」、「公司離車站多遠」。

🔖 **關鍵單字** 請先記住關鍵單字，可以更容易了解MP3播放的內容。

もよ
最寄り **名 0**：最近

ある
歩く **自動 2**：走

つ
着く **自動 1**：到達

🔖 **聽聽看 MP3-44** 請先聽一次MP3，並回答以下問題，確認聽懂了多少。

🔖 **問　題** 請回答以下問題，對的打〇，錯的打×。

やまだ　　　　　　　じたく　　　　じゆう　おかえき　　　　　　　　　と　ほ　やくじゅっぷん
1. 山田さんの自宅から自由が丘駅までは、徒歩約１０分です。（　）

從山田小姐的家到自由之丘車站，徒歩約10分鐘。

いけぶくろえき　　　とうよこせん　やまのてせん　のり　か　ち てん
2. 池袋駅は、東横線と山手線の乗換え地点にあります。（　）

池袋車站是東横線和山手線的轉換處。

近藤：山田さんはいつもどうやって会社に行きますか。

山田：家から最寄りの自由が丘駅まで10分ぐらい歩いて、東横線で渋谷駅まで行って、山手線に乗り換えて池袋駅で降ります。池袋駅から徒歩5分ぐらいで、会社に着きます。

近藤：通勤ラッシュの時間帯は、渋谷と池袋は大変な混雑なんでしょうね。

山田：ええ、まさに通勤地獄ですよ。

📌 **中文翻譯** 對照原文，百分之百理解廣播的內容！

近藤：山田小姐通常是怎麼去公司的呢？

山田：從家裡走10左右分鐘到最近的車站自由之丘，再搭東橫線前往澀谷車站換山手線，然後在池袋車站下車。從池袋車站約走5分鐘就到公司了。

近藤：通勤的尖峰時段澀谷和池袋非常擁擠吧。

山田：沒錯，根本是通勤地獄嘛！

📌 **必學句型** 把下面的句型學起來，聽力原來這麼簡單！

……ぐらい（くらい） ……左右

横浜市の人口はおよそ３７０万人ぐらいです。

橫濱市的人口大約370萬人左右。

📌 **延伸學習** 把以下的單字記起來，您就是聽力達人！

定期券 名 3：月票　　　　　　　　通学 名 自サ 0：通學

通勤手当 名 5：通勤津貼　　　　スクールバス 名 5：校車

社宅 名 0：公司宿舍

交通機関 名 5：交通設施，交通工具

前頁問題解答：1.（○），2.（×）

会議の予定 　會議的預定
かいぎ　　よてい

🎀 **重點提示** 請注意聽「會議何時舉行」、「同事為什麼困擾」、「樣品何時到」、「怎麼辦」。

🎀 **關鍵單字** 請先記住關鍵單字，可以更容易了解MP3播放的內容。

決める **他動** 0：決定　　　　　　　　　まずい **イ形** 2：糟糕的
き

サンプル **名** **他サ** 1：樣品

🎀 **聽聽看 MP3-44** 請先聽一次MP3，並回答以下問題，確認聽懂了多少。

🎀 **問　題** 請回答以下問題，對的打〇，錯的打╳。

1. 今度のプレゼン会議は、今週の水曜日に行う予定です。（　）
こんど　　　　　　　　かいぎ　　こんしゅう　すいようび　おこな　よてい

　下個簡報會議，預定在這星期的星期三舉行。

2. サンプルが間に合わないので、会議を延期するしかありません。（　）
　　　　　　　ま　あ　　　　　　　かいぎ　えんき

　因為樣品來不及，唯有將會議延期別無他法。

同僚：今度のプレゼン会議っていつだっけ。

私：来週水曜日の１０時からでしょ。この前、決めたじゃない。

同僚：そりゃ、まずいな。

私：どうしたの。

同僚：さっき先方から電話で、サンプルが届くのは早くても来週の週末

になるって。

私：まずいわね。なんとか頼みこんで、早めに送ってもらえるよう頼

んだほうがいいわ。サンプルがないと大変なことになるわよ。

中文翻譯 對照原文，百分之百理解廣播的內容！

同事：這次的簡報會議，是什麼時候啊？

我：下禮拜三的10點開始吧！之前不是決定了嗎？

同事：那就糟了。

我：怎麼了？

同事：剛才對方打電話過來，說樣品再快也要下禮拜的週末才會送達。

我：真糟糕。還是想辦法拜託一下，請他們盡早送來比較好喔。沒樣品
的話事情可就麻煩了。

必學句型 把下面的句型學起來，聽力原來這麼簡單！

……ほうがいい　……比較好

ただの風邪でも、医者に診てもらったほうがいいよ。

即使是小小的感冒，還是去看醫生比較好喔！

延伸學習 把以下的單字記起來，您就是聽力達人！

先週 **名 0**：上禮拜 　　　　延期 **名 他サ 0**：延期

今週 **名 0**：這禮拜 　　　　中止 **名 他サ 0**：中止

再来週 **名 0**：下下個禮拜 　変更 **名 他サ 0**：變更

前頁問題解答：1.（×），2.（×）

第七單元
家庭

口語

　　喜歡看日劇的朋友相信對日語的口語表達不會感到陌生。口語是一種用在「自家人」的親切表達方式，並非失禮的用法，但使用的對象必須是可稱為「自家人」的親朋好友，否則就真的很失禮了。日語口語的用法相當隨性適意，如果想和日本人縮短彼此的距離、打成一片，聽得懂口語、說得出口語是很重要的。

　　口語和教科書上學習的日語最大的差異在於「省略」及「縮約」的表現，這些表現都有規則可循。就省略的表現來說，常見的有省略一般語句中的「は」、「が」、「を」等助詞或句尾「～ていく」「～ている」的「い」。例如「今日の晩ご飯（省略「は」）何」（今天晚上吃什麼）、「最近、全然食べて（省略「い」）ないもん」（最近都沒吃呢）。此外，表示疑問的助詞「か」，或後半不說也應該知道的部分也是出現頻率很高的省略用法。例如「お茶、飲まない（省略「か」）」（要不要喝茶）、「冷めないうちに、早く食べて（省略「ください」）」（在還沒有冷掉之前請趕快吃吧）。

　　至於另一個縮約表現，使用機會也是非常頻繁。常見的如「私では（→じゃ）ありません」（不是我）、「ドアを開けておく（→とく）ね」（我先把門打開囉）、「早くしなければ（→なきゃ）遅刻してしまう（→ちゃう）よ」（不快一點的話可是會遲到喔）、「本当の友達というのは（→って）何」（所謂真正的朋友是什麼）等等。口語是種講求對話情境的用法，只要多聽多看一些日本的電視節目，相信很快就能抓到口語的要領與訣竅。

🎀重點提示　請注意聽「剛搬過來的是住幾號」、「叫什麼名字」、「除了打招呼還如何表示友好」。

🎀關鍵單字　請先記住關鍵單字，可以更容易了解MP3播放的內容。

引っ越す 他動 3：搬家　　　　　　　気持ち 名 0：心意
受け取る 他動 0：接受

🎀聽聽看 **MP3-46**　請先聽一次MP3，並回答以下問題，確認聽懂了多少。

🎀　問　題　　請回答以下問題，對的打〇，錯的打✕。

1. 野田さんの家は３０５号室です。（　　）

   野田先生 的家是305號室。

2. 気を使わないでほしいので、近所の人は手土産を受け取りませんでした。（　　）

   因為不希望對方費心，鄰居沒接受伴手禮。

野田：はじめまして。昨日、３０１号室に引っ越してきた野田で
す。どうぞよろしくお願いします。

近所の人：はじめまして。こちらこそ、よろしくお願いします。

野田：これ、ほんの気持ちです。どうぞお受け取りください。

近所の人：気を使わないでもいいのに。ご丁寧にすみません。分からな
いことがあれば、遠慮なく何でも聞いてくださいね。

野田：ありがとうございます。

中文翻譯 對照原文，百分之百理解廣播的內容！

野田：初次見面。我是昨天搬到301號室的野田。請多多指教。

鄰居：初次見面，也請您多多指教。

野田：這是我一點點的心意，請收下來。

鄰居：何必那麼費心啊。這麼客氣真不好意思。如果有不知道的事情，請
別客氣什麼都可以問我喔。

野田：謝謝。

必學句型 把下面的句型學起來，聽力原來這麼簡單！

……のに 放在句尾表示指責或婉惜的語氣

もう少し早く出れば、バスに間に合ったのに。

如果早一點出門的話，就可以趕上巴士了。

延伸學習 把以下的單字記起來，您就是聽力達人！

ゴミ収集場 名 0：垃圾收集場　　　　管理人 名 0：管理員

警備員 名 3：警衛　　　　　　　　大家 名 1：房東

回覧板 名 0：（在社區內傳閱聯絡事項的）傳閱板

引っ越しそば 名 5：為表示友好，搬家時請新鄰居享用的蕎麥麵

前頁問題解答：1.（×），2.（×）

行き方を訪ねる　詢問怎麼去

🎣 重點提示　請注意聽去朋友家「要搭什麼線」、「在哪裡換車」、「在哪裡下」、「會合地點」、「在途中是否需要聯絡」。

🎣 關鍵單字　請先記住關鍵單字，可以更容易了解MP3播放的內容。

乗る　自動 0：搭乘　　　　改札 名 0：剪票口
迎え 名 0：迎接

🎣 聽聽看 MP3-47　請先聽一次MP3，並回答以下問題，確認聽懂了多少。

🎣 問　題　請回答以下問題，對的打○，錯的打×。

1. 友人のアドバイスだと、電車の乗り換えは１回で済みます。（　）
   按照朋友的建議，只要換一次電車就好了。

2. 待ち合わせの場所は駅の東改札口です。（　）
   會合的地點是車站的東剪票口。

私：お宅までは、どうやって行けばいいですか。

友人：一番分かりやすいのは、まず中央線に乗って、新宿で山手線に乗り換えます。それから、目黒で降りるのがいいと思います。

私：どこの改札を出ればいいですか。

友人：西口です。車で迎えに行きますから、新宿に着いたら、電話をください。

私：分かりました。それじゃ、お願いします。また後で。

📌 中文翻譯　對照原文，百分之百理解廣播的內容！

我：到府上要怎麼去才好呢？

朋友：我想最簡單明瞭的是先搭乘中央線在新宿換山手線。然後在目黑下車就好了。

我：從哪個剪票口出來好呢？

朋友：西口。因為我會開車去接你，到了新宿請給我電話。

我：了解。那就拜託了。待會兒見。

📌 必學句型　把下面的句型學起來，聽力原來這麼簡單！

……やすい　容易……

この説明書はとても分かりやすいです。

這個說明書很容易懂。

📌 延伸學習　把以下的單字記起來，您就是聽力達人！

早い　イ形 2 ：快的　　　　タクシー乗り場　名 5 ：計程車乘車處

東口　名 0 ：東口　　　　　メール　名 他サ 0 ：寄（簡訊，電子郵件）

送る　他動 0 ：送　　　　　バスターミナル　名 3 ：公車總站

前頁問題解答：1.（○），2.（×）

🍭 重點提示　請注意聽「客人如何稱讚這家的品味」、「主人如何回答」、
　　　　　　「客人帶了什麼禮物」、「主人要客人如何放鬆」。

🍭 關鍵單字　請先記住關鍵單字，可以更容易了解MP3播放的內容。

　上がる **自動** **0**：上來，進入　　　　恥ずかしい **イ形** **4**：不好意思的
　甘える **自動** **0**：承蒙，撒嬌

🍭 聽聽看 MP3-48　請先聽一次MP3，並回答以下問題，確認聽懂了多少。

🍭 　問　題　請回答以下問題，對的打〇，錯的打✕。

1. この家の玄関は日当たりがよくて気持ちがいいです。（　）

　這家的玄關採光良好很舒服。

2. このお客さんはソファのない部屋に案内されました。（　）

　這位客人被請到沒有沙發的房間。

家主：いらっしゃい。どうぞお上がりください。

客：お邪魔します。センスのいい素敵な玄関ですね。

家主：いいえ、ごちゃごちゃで恥ずかしい限りです。さあ、どうぞこちらへ。

客：失礼します。これ、ほんの気持ちです。お口に合うかどうか分かりませんが、どうぞお召し上がりください。

家主：ご丁寧にすみません。じゃ、遠慮なくいただきます。どうぞ、足を伸ばして楽になさってください。

客：じゃ、お言葉に甘えて。

> ※在日本的家庭，若被請到像和室般沒沙發的地方，主人都會請客人把腳伸直放輕鬆，特別是外國客人。

中文翻譯 對照原文，百分之百理解廣播的內容！

主人：歡迎光臨。請上來。
（日本一般家庭入口的脫鞋處會低一點，所以用「上來」。）

客人：打擾了。真是有品味又漂亮的玄關啊！

主人：哪裡。亂七八糟真是丟臉極了。來，請往這邊走。

客人：不好意思。這是一點小小心意。雖然不知道合不合您的口味，請嚐嚐看。

主人：這麼費心真不好意思。那就不客氣收下了。請把腳伸直放輕鬆※。

客人：那我就承蒙您的好意了。

必學句型 把下面的句型學起來，聽力原來這麼簡單！

ほんの……　一點點的……

昨日の試合はほんのわずかの差で負けてしまいました。

昨天的比賽以些微的差距輸了。

延伸學習 把以下的單字記起來，您就是聽力達人！

広い **イ形** 2：寬敞的　　　狭い **イ形** 2：狭小的

ベランダ **名** 0：陽台　　　応接間 **名** 0：客廳

前頁問題解答：1.（×），2.（○）

🎀 **重點提示**　請注意聽這家的小孩「幾歲」、「叫什麼名字」、「幾年級」、「客人如何稱讚」。

🎀 **關鍵單字**　請先記住關鍵單字，可以更容易了解MP3播放的內容。

息子 **名 0**：兒子
むすこ

娘 **名 3**：女兒
むすめ

性格 **名 0**：個性
せいかく

🎀 **聽聽看 MP3-49**　請先聽一次MP3，並回答以下問題，確認聽懂了多少。

🎀 　**問　題**　請回答以下問題，對的打○，錯的打×。

1. この家の長男は高校 1 年生です。　（　　）
うち ちょうなん こうこういちねんせい

　這家的長男是高1學生。

2. 家主は娘の性格で困っています。　（　　）
いえぬし むすめ せいかく こま

　家裡的主人因為女兒的個性而煩惱著。

> ※「家主」，也可以說
> いえぬし
> 　「家主」。
> 　やぬし

家主：息子の雄輔と娘の花子です。

客：2人ともずいぶん大きくなりましたね。雄輔君と花子ちゃんは今年で何才ですか。

家主：雄輔は１９で、花子は１６です。大学１年生と高校１年生です。

客：お嬢さんもすっかりお母さん似の美人になってきて、きっとモテるでしょうね。

家主：そんなことはないですよ。性格が男の子みたいで、手を焼いてるくらいですから。

中文翻譯 對照原文，百分之百理解廣播的內容！

主人：這是我兒子雄輔和女兒花子。

客人：2人都長這麼大了啊。雄輔和花子今年幾歲了？

主人：雄輔19歲，花子16歲。大學1年級和高中1年級學生。

客人：令嬡整個變得像媽媽一樣的美女，一定很受歡迎吧！

主人：才沒有那回事呢！個性像男孩子似的，真的很傷腦筋。

必學句型 把下面的句型學起來，聽力原來這麼簡單！

……みたい　好像……

隣の部屋に誰かいるみたいですよ。

隔壁的房間裡好像有人耶。

延伸學習 把以下的單字記起來，您就是聽力達人！

主人 名 1：（謙稱自己的）丈夫	甥 名 0：姪子，外甥
家内 名 1：（謙稱自己的）太太	姪 名 1：姪女，外甥女
孫 名 2：孫子	イケメン 名 0：型男

前頁問題解答：**1.（×），2.（○）**

ゴミの出し方 丟垃圾的方法

🎀 **重點提示** 請注意聽不同的垃圾在「星期幾回收」、「一個月幾次」、
「回收時間」。

🎀 **關鍵單字** 請先記住關鍵單字,可以更容易了解MP3播放的內容。

留守 名 自サ **1**:不在家　　　　　　燃える 自動 **0**:燃燒,著火
集める 他動 **3**:收集

🎀 **聽聽看 MP3-50** 請先聽一次MP3,並回答以下問題,確認聽懂了多少。

🎀 **問　題** 請回答以下問題,對的打〇,錯的打×。

1. 資源回収日は毎月の最初の水曜日です。(　)

資源回收日是每個月最初的星期三。

2. ゴミや回収物は9時までに出さないと間に合いません。(　)

垃圾或回收物如果不在9點以前拿出去就會來不及。

妻：私が留守の間、ゴミを頼みますね。燃えるゴミは火・木・土。ビン、缶、小さな金属類は第1、第3月曜日。それから新聞、雑誌、ダンボールの資源回収は月に1回、最後の水曜日に。9時ごろ集めに来るから、それに間に合うように出してくださいね。細かいけど、ちゃんと覚えておいてくださいよ。

夫：そんなのややこしくて、覚えられるわけないだろ、紙に書いてくれよ。

妻：まったく、世話が焼けますね。

中文翻譯 對照原文，百分之百理解廣播的內容！

太太：我不在家的期間，垃圾就拜託囉！可燃垃圾是星期二、四、六。瓶、罐、小型金屬類是第一、第三個星期一。然後報紙、雜誌、紙箱的資源回收是每個月1次，在最後的星期三。9點左右會來收，所以要在趕得上那個時間拿出去喔！雖然很瑣碎，要好好記起來喔！

丈夫：那麼複雜怎麼記得起來啊。幫我寫在紙上吧。

太太：你真是麻煩啊！

必學句型 把下面的句型學起來，聽力原來這麼簡單！

……に　表示平均的概念

私は月に2回エステに通っています。

我一個月去2次護膚沙龍。

延伸學習 把以下的單字記起來，您就是聽力達人！

可燃物 名 2：可燃物	生ゴミ 名 2：廚餘
不燃物 名 2：不可燃物	プラゴミ 名 2：塑膠垃圾，「プラスチックゴミ」的簡稱。
粗大ゴミ 名 2：大型垃圾	
ゴミ収集車 名 5：垃圾車	

前頁問題解答：1.（×），2.（○）

🎣 **重點提示**　請注意聽「原本晚餐預定吃什麼」、「小孩子為什麼有怨言」、「結果改成什麼」。

🎣 **關鍵單字**　請先記住關鍵單字，可以更容易了解MP3播放的內容。

だい す
大好き ナ形 1：很喜歡的　　　　　　**おととい** 名 3：前天

ぜいたく
贅沢 名 ナ形 3 4：奢侈，奢侈的

🎣 **聽聽看 MP3-51**　請先聽一次MP3，並回答以下問題，確認聽懂了多少。

🎣 **問　題**　請回答以下問題，對的打〇，錯的打×。

1. この子はカレーが嫌いです。（　　）
  こ　　　　　　きら

　　這孩子討厭咖哩。

2. 結局、晩ご飯はステーキになりました。（　　）
  けっきょく　ばん　はん

　　結果，晚餐改成牛排。

廣播原文 請再聽一次MP3，確認是不是掌握所有內容了！

子供：今日の晩ご飯、何。

母：あなたの大好きなカレーよ。

子供：またカレー。おとといもカレーだったじゃん。

母：じゃ、何がいいのよ。

子供：和牛ステーキが食べたい。最近、全然食べてないもん。

母：まったく贅沢なんだから。しょうがないわね、隣のお肉屋さん で、ステーキ用のお肉を買ってきてちょうだい。

子供：は〜い。

中文翻譯 對照原文，百分之百理解廣播的內容！

小孩：今天的晚飯吃什麼？

媽媽：你最喜歡的咖哩喔！

小孩：又是咖哩。前天不也是咖哩嗎？

媽媽：那什麼才好呢？

小孩：我想吃日本國產牛排。最近都沒吃呢。

媽媽：你實在好奢侈啊！真拿你沒辦法，幫我去隔壁的肉店買牛排肉回來。

小孩：遵命！

必學句型 把下面的句型學起來，聽力原來這麼簡單！

全然……（否定）　完全不……

彼がどんな人なのか全然分かりません。

我完全不知道他是個怎樣的人。

延伸學習 把以下的單字記起來，您就是聽力達人！

朝ご飯 名 3：早飯　　　　　おやつ 名 2：點心

昼ご飯 名 3：午飯　　　　　シチュー 名 2：濃湯

夜食 名 0：宵夜　　　　　　ハンバーグ 名 3：漢堡排

前頁問題解答：1.（×），2.（○）

📌 重點提示　請注意聽「媽媽為什麼會想帶小孩子出門」、「去哪裡」、
　　　　　「兒子最初的反應」、「女兒的反應」。

📌 關鍵單字　請先記住關鍵單字，可以更容易了解MP3播放的內容。

<ruby>れんきゅう</ruby>
連休 名 0：連休　　　　　　　　　<ruby>とくべつ</ruby>
特別バーゲン 名 5：特賣

かったるい イ形 4 0：無力的，疲累的。

📌 聽聽看 MP3-52　請先聽一次MP3，並回答以下問題，確認聽懂了多少。

📌 　問　題　請回答以下問題，對的打〇，錯的打×。

1. せっかくの<ruby>れんきゅう</ruby>連休なのに、<ruby>あに</ruby>兄は<ruby>いえ</ruby>家でのんびりしたがっていました。（　）

　　儘管是難得的連休，但哥哥原想在家裡放鬆一下。

2. <ruby>ふく</ruby>服を<ruby>か</ruby>買ってもらえるので、<ruby>あに</ruby>兄も<ruby>で</ruby>出かける<ruby>き</ruby>気になりました。（　）

　　因為會幫他們買衣服，所以哥哥也變成想要一起出門。

母：せっかくの連休だから、今日、どっか行かない。

息子：かったるいよ。

娘：いいじゃん、いいじゃん。行こうよ。

母：御殿場のアウトレットはどう。ゴールデンウィークの特別バーゲンやってるらしいよ。行ってみない。

息子：予算は1人いくら。ラルフローレンのズボン、買ってもらおうかな。

娘：お兄ちゃん、行きたくなかったんじゃないの。

📌 **中文翻譯** 對照原文，百分之百理解廣播的內容！

媽媽：因為難得的連休，今天要不要去哪裡啊？

兒子：好累喔。

女兒：好嘛、好嘛。去啦！

媽媽：御殿場的暢貨中心如何？好像正在做黃金週休的特賣喔！要不要去看看？

兒子：1個人預算多少？可以幫我買Ralph Lauren的長褲吧！

女兒：哥，你不是不想去嗎？

📌 **必學句型** 把下面的句型學起來，聽力原來這麼簡單！

……らしい　好像……

セールは今日で終わるらしいよ。

拍賣好像今天就要結束了喔！

📌 **延伸學習** 把以下的單字記起來，您就是聽力達人！

春休み 名 3：春假

夏休み 名 3：暑假

冬休み 名 3：寒假

還元セール 名 5：酬賓大拍賣

福袋 名 3：福袋

抽選会 名 3：抽獎大會

前頁問題解答：**1.**（○），**2.**（○）

🖈 **重點提示**　請注意聽「媽媽想讓小孩子學什麼」、「為什麼會想到」、
「費用是多少」、「決定的話打算先怎樣」。

🖈 **關鍵單字**　請先記住關鍵單字，可以更容易了解MP3播放的內容。

習^{なら}う　**他動** **2**：學習　　　　　　　　　キャンペーン　**名** **3**：促銷活動

やる気^き　**名** **0**：想做某事的欲望，幹勁

🖈 **聽聽看 MP3-53**　請先聽一次MP3，並回答以下問題，確認聽懂了多少。

🖈 **問　題**　請回答以下問題，對的打○，錯的打×。

1. ちょうどキャンペーン期間中^{きかんちゅう}なので、今^{いま}申^{もう}し込^こめばお得^{とく}です。（　）

　　因為剛好是促銷活動期間，現在報名的話很划算。

2. 月謝^{げっしゃ}は教材費込^{きょうざいひこ}みの７０００円^{ななせんえん}です。（　）

　　月費含教材費是7000日圓。

母：そろそろ理沙にもピアノを習わせ<u>よう</u>かしら。駅前のピアノ教室で今ちょうどキャンペーンやってるの。入会金なしで入れるらしいわ。

父：月謝はいくら。

母：週１回のコースが７０００円だったかしら。教材費は別だけどね。

父：本人にやる気があれば、習わせてもいいんじゃない。

母：じゃ、さっそくピアノを買わなくちゃね。

父：お前のほうがやる気があるって感じだな。もしや、お前がピアノやりたいんじゃないか。

母：ばれちゃった。

📌 **中文翻譯** 對照原文，百分之百理解廣播的內容！

媽媽：差不多可以讓理沙學鋼琴了吧。車站前的鋼琴教室現在正舉辦促銷活動呢。好像不需要入會費就可以入會喔！

爸爸：月費多少錢？

媽媽：一星期1次的課程好像是7000日圓。不過教材費另計。

爸爸：如果本人想學的話，讓她學也無妨。

媽媽：那麼不就得趕快買台鋼琴囉！

爸爸：感覺妳比較有幹勁呢。難不成是妳想學鋼琴啊。

媽媽：露餡了。

📌**必學句型** 把下面的句型學起來，聽力原來這麼簡單！

…… （よ）う　表示說話者想做某事的意志

最近、体の調子が悪いので、検診に行<u>こう</u>かな。

因為最近身體狀況不好，是不是要做個健康檢查啊。

📌**延伸學習** 把以下的單字記起來，您就是聽力達人！

水泳教室 名 5：游泳班　　　　　**テニス教室** 名 4：網球班

空手教室 名 4：空手道班　　　　**進学塾** 名 4：升學補習班

前頁問題解答：**1.**（○），**2.**（×）

第八單元
通訊

用日語接聽電話和打電話的技巧

　　話說20多年前，剛從大學畢業，在日商公司擔任秘書一職時，最讓我敬而遠之的工作莫過於接聽日本打來的電話。尤其是日本社長不在的時候，因無人搭救，總讓我心驚膽跳。不論是開頭的客套話、聽取回覆對方要件，一連串的職場日語對還是菜鳥的我來說，接一通國際電話，就好像打了一仗，令人元氣大傷。

　　日久之後才發現，電話的應對其實都有經典句型可循。例如打電話時，一定得先報上自己公司、單位的名稱與姓名，以及想和哪個單位的哪一位講話。此外也要事先想好，若對方不在，是請對方回電，還是找時間自己再打。因為這些場面都可以預測，只要平時準備好，隨時都派得上用場。

　　雖說習慣就能上手，但還是有必須克服的難關，那就是得熟悉基本的敬語。因為除了相當熟稔的對象之外，對誰都得用敬語。敬語的範圍既廣又深奧，就連日本人也會出錯，要完全掌握、靈活運用並非易事。不過基本的電話應對，使用的都是基本的敬語，只要熟悉第六單元專欄提及的敬語表達句型、特殊尊敬語、謙讓語動詞，並反覆聆聽練習本單元各種場面所介紹的經典語句，相信很快就能得心應手。

　　緊張也是影響電話應對順暢與否的致命傷，打電話、接電話之前先做個深呼吸，靜下心來仔細聽、慢慢講，聽不懂的地方請馬上與對方確認，不要卡在哪裡猜測對方剛剛在講什麼，這不僅誤事，還會嚴重影響聽取後面的內容呢。

🐾 **重點提示**　請注意聽「打電話的人是哪一位」、「打到哪裡」、「找誰」、「接聽者如何應對」。

🐾 **關鍵單字**　請先記住關鍵單字，可以更容易了解MP3播放的內容。

恐れ入る **自動** **2**：惶恐　　　　　　　代わる **自動** **0**：轉接，替換
おそ　い

いらっしゃる **自動** **4**：「いる **0** 」、「ある **1** 」、「行く **0** 」、
い

「来る **1** 」的敬語。
く

🐾 **聽聽看 MP3-54**　請先聽一次MP3，並回答以下問題，確認聽懂了多少。

🐾 **問　題**　請回答以下問題，對的打〇，錯的打✕。

1. 電話を掛けた人は元気物産の松本さんです。（　）
でんわ　か　ひと　げんきぶっさん　まつもと

　打電話的人是元氣物產的松本先生。

2. 松本さんは開発部の近藤部長と話したがっています。（　）
まつもと　かいはつぶ　こんどうぶちょう　はな

　松本先生想和開發部的近藤部長說話。

社員：はい、元気物産でございます。

松本：私、富士商事の松本と申します。いつもお世話になっております。

社員：こちらこそ、お世話になります。

松本：恐れ入りますが、開発部の近藤課長はいらっしゃいますでしょうか。

社員：近藤ですね。ただいま近藤と代わりますので、少々お待ちください。

近藤：お電話代わりました。近藤です。

📌 **中文翻譯** 對照原文，百分之百理解廣播的內容！

職員：元氣物產，您好。

松本：我是富士商事的松本。多謝平時的關照。

職員：也承蒙您的關照。

松本：不好意思，請問開發部的近藤課長在嗎？

職員：近藤嗎？現在就為您轉接，請稍待。

近藤：電話轉接過來了。我是近藤。

📌 **必學句型** 把下面的句型學起來，聽力原來這麼簡單！

◆……と 和……（格助詞，表示動作、行為的共事者、對手、夥伴。）

昨夜はみんなと海へ行きました。

昨晚和大家去了海邊。

📌 **延伸學習** 把以下的單字記起來，您就是聽力達人！

秘書 名 1：秘書

アシスタント 名 2：助理

人事異動 名 4：人事調動

外出 名 自サ 0：外出

産休中 名 0：正在休產假

電話中 名 0：正在講電話

前頁問題解答：1.（✕），2.（✕）

📌 **重點提示**　請注意聽「想找的人去哪裡」、「怎麼辦」、「接聽者確認的內容」。

📌 **關鍵單字**　請先記住關鍵單字，可以更容易了解MP3播放的內容。

伝える 【他動】 0：傳達　　　　　　連絡先 【名】 0：聯絡處
つた　　　　　　　　　　　　　　　　れんらくさき
確認 【名】【他サ】 0：確認
かくにん

📌 **聽聽看 MP3-55**　請先聽一次MP3，並回答以下問題，確認聽懂了多少。

📌 **問　題**　請回答以下問題，對的打○，錯的打×。

1. 伝言の内容は、再度中村さんに電話することでした。（　）
でんごん　ないよう　さいど なかむら　　　　　　でん わ

　留言的內容，是會再打電話給中村先生。

2. 電話を掛けてきた人は、京浜物産の中田さんです。（　）
でん わ　か　　　　　ひと　けいひんぶっさん　なか た

　打電話過來的人，是京濱物產的中田先生。

📌 **廣播原文** 請再聽一次MP3，確認是不是掌握所有內容了！

社員：申し訳ございません。あいにく中村は外出しておりますが、いかがいたしましょうか。

中田：では、お戻りになりましたら、お電話をくださるよう、お伝えいただけますでしょうか。

社員：かしこまりました。それでは、もう1度ご連絡先を確認させていただきます。海浜物産の中田様でよろしいですね。

中田：はい、そうです。それではよろしくお願いします。失礼いたします。

📌 **中文翻譯** 對照原文，百分之百理解廣播的內容！

職員：不好意思。不巧中村出去了，請問您需要我怎麼處理呢？
中田：那麼，等他回來，能不能請您轉告，請他打電話給我呢？
職員：好的。那麼，請讓我再確認一次您是那位。海濱物產的中田先生是嗎？
中田：是的，沒錯。那麼拜託您了。失禮了。

📌 **必學句型** 把下面的句型學起來，聽力原來這麼簡單！

あいにく……　不巧……

出かけようと思っていたところ、あいにく雨が降り出した。

正想要出門的時候，不巧就下起雨來了。

📌 **延伸學習** 把以下的單字記起來，您就是聽力達人！

出張 名 自サ 0：出差	伝言 名 自他サ 0：傳話，帶口信
出社 名 自サ 0：上班	メッセージ 名 1：留言，訊息
帰省 名 自サ 0：回老家	電話番号 名 4：電話號碼

前頁問題解答：1.（×），2.（×）

56 予約の電話　電話預約

🎀 重點提示　請注意聽「美容院的名稱」、「顧客想預約的時間、內容」、
　　　　　　　「有沒有指定美容師」。

🎀 關鍵單字　請先記住關鍵單字，可以更容易了解MP3播放的內容。

予約 **名** **他サ** **0**：預約　　　　　　　　空く **自動** **0**：有空
担当者 **名** **3**：負責人

🎀 聽聽看 MP3-56　請先聽一次MP3，並回答以下問題，確認聽懂了多少。

🎀 　問　題　請回答以下問題，對的打〇，錯的打╳。

1. このお客さんは、シャンプーとパーマを予約しました。（　　）
　　這位客人預約了洗頭和燙髮。

2. お客さんは男性の美容師さんを希望しています。（　　）
　　客人想指定男性的美容師。

店員：お電話ありがとうございます。アロハ美容室でございます。
客：シャンプーとカットの予約をお願いしたいんですが、明日の１１時頃は空いてますか。
店員：ご希望の担当者はございますか。
客：特にありません。できれば女性の方にお願いしたいんですが……。
店員：かしこまりました。失礼ですが、お客様のお名前をお伺いしてもよろしいですか。

📌 中文翻譯 對照原文，百分之百理解廣播的內容！

店員：謝謝來電。阿羅哈美容院您好。
客人：我想要預約洗頭和剪頭髮，明天11點左右有空嗎？
店員：您有指定的設計師嗎？
客人：沒有特別要求。可以的話，想拜託女性的設計師……。
店員：好的。對不起，能請教客人的大名嗎？

📌 必學句型 把下面的句型學起來，聽力原來這麼簡單！

特に……　特別地……

今年の夏は特に暑かったです。

今年的夏天特別熱。

📌 延伸學習 把以下的單字記起來，您就是聽力達人！

ヘアカラー 名 他サ 3：染髮　　ブロー 名 他サ 2：吹整頭髮
乾かす 他動 3：吹乾　　リンス 名 他サ 1：潤絲
ドライヤー 名 0 2：吹風機　　トリートメント 名 他サ 2：護髮

前頁問題解答：1.（×），2.（×）

📌 **重點提示**　請注意聽「嗶聲之後要求留下什麼訊息」、「想送傳真的人怎麼辦」、「答錄機裡是誰、什麼時候的留言」、「留言的內容」。

📌 **關鍵單字**　請先記住關鍵單字，可以更容易了解MP3播放的內容。

用件 名 ③：事情　　　　　　　　　　　送信 名 自他サ ⓪：傳送

録音 名 他サ ⓪：錄音

📌 **聽聽看 MP3-57**　請先聽一次MP3，並回答以下問題，確認聽懂了多少。

📌 **問　題**　請回答以下問題，對的打〇，錯的打✕。

1. ピーという発信音のあとに、メッセージの録音が始まります。（　　）
   在嗶聲之後，開始留言的錄音。

2. 録音メッセージの内容は、荷物が届いたかどうかの確認です。（　　）
   錄音訊息的內容，是行李收到與否的確認。

応答メッセージ：ただいま留守にしております。ご用件のある方は、
ピーという発信音の後に、お名前とご用件をお話しください。ファックスの方はそのままご送信ください。
（帰宅後、メッセージを聞く。）

録音メッセージ：新しい録音メッセージが１件です。2月１４日午前8時です。
……恵美です。先日はどうも。宅配便で荷物を送りました。荷物が届いたら、電話をください。じゃ、また。

📌 中文翻譯 對照原文，百分之百理解廣播的內容！

應答訊息：我現在不在家。有事的人，請在嗶聲後留下您的大名和事情。
欲傳真者，請直接傳送。
（回家後聽訊息）

錄音訊息：有1件新的錄音訊息。2月14日上午8點。
……我是惠美。前幾天謝謝了。我用宅急便將行李送出了。行李到了的話，請打電話給我。那麼再聯絡。

📌 必學句型 把下面的句型學起來，聽力原來這麼簡單！

……の後に ……之後

お風呂の後に飲む、冷え冷えのコーヒー牛乳は最高です。

在洗完澡後喝的冰涼咖啡牛奶最棒了。

📌 延伸學習 把以下的單字記起來，您就是聽力達人！

削除 名 他サ 1：消除　　　　　　発信履歴 名 5：發訊紀錄

着信履歴 名 5：收訊紀錄　　　　キャッチホン 名 3：插撥電話

再生 名 自他サ 0：（錄音帶、光碟、影片等）播放

前頁問題解答：1.（〇），2.（×）

🎣 重點提示　請注意聽「客人想寄什麼」、「有哪些郵寄的方法」、「所需天數」、「價錢」、「其他注意事項」。

🎣 關鍵單字　請先記住關鍵單字，可以更容易了解MP3播放的內容。

小包 名 2：包裹　　　　　　　　　　航空便 名 0：航空郵件，空運
こづつみ　　　　　　　　　　　　　　　こうくうびん

料金 名 1：費用
りょうきん

🎣 聽聽看 MP3-58　請先聽一次MP3，並回答以下問題，確認聽懂了多少。

🎣 問　題　請回答以下問題，對的打〇，錯的打×。

1. 国際スピード郵便は一般の航空便より早いですが、料金は高いです。（　）
こくさい　　　　　　　ゆうびん　いっぱん　こうくうびん　はや　　　　　　りょうきん　たか

國際快捷郵件雖然比一般的航空郵件快，但費用很貴。

2. 国際小包を送る際、共通の英語で内容物を書かなければなりません。（　）
こくさいこづつみ　おく　さい　きょうつう　えいご　ないようぶつ　か

寄送國際包裹的時候，必須用共通的英語寫下內容物品。

廣播原文 請再聽一次MP3，確認是不是掌握所有內容了！

客：台湾への小包です。

窓口：航空便でよろしいですか。

客：はい。台湾までは何日ぐらいかかりますか。

窓口：5日ぐらいです。国際スピード郵便だと3日ぐらいで、料金も
そんなに変わりませんが……。

客：じゃ、国際スピード郵便でお願いします。

窓口：お手数ですが、この欄に現地の言語か英語で内容物をお書きいた
だけますか。

客：分かりました。じゃ、中国語で。

中文翻譯 對照原文，百分之百理解廣播的內容！

客人：這是寄往台灣的包裹。

窓口：空運好嗎？

客人：好的。到台灣差不多要花幾天？

窓口：5天左右。國際快捷郵件的話差不多3天左右，費用也相差
不多……。

客人：那麼，麻煩您用國際快捷郵件。

窓口：可以麻煩您在這一欄用當地的語言或英文寫下內容物品好嗎？

客人：好的。那麼我用中文。

必學句型 把下面的句型學起來，聽力原來這麼簡單！

……へ　往……　格助詞，表示動作到達的場所與地點

今年の夏休みは、田舎のおばあちゃんの家へ行くつもりです。

今年的暑假，我打算去鄉下的奶奶家。

延伸學習 把以下的單字記起來，您就是聽力達人！

速達 名 自他サ 0：限時，快遞　　　　受取人 名 0：收件人

書留 名 0：掛號　　　　　　　　　　差出人 名 0：寄件人

前頁問題解答：1.（×），2.（×）

第九單元
社交

日語的婉轉表現

　　日語常被稱為是種曖昧的語言，留意的話，應可發現不完整或婉轉表達的句子頻頻出現。就好像很多句子常常會停在「が」、「けど」，後面的話省略不說。例如本單元62原文出現的「もう駅<ruby>駅<rt>えき</rt></ruby>に着<ruby>着<rt>つ</rt></ruby>いたんだけど……」（我到車站了），這句話雖然沒有下文，但當事人可馬上聯想到後面接續的是「你在哪裡」、「你到了沒」等句子。這正是日本人「以心伝心<ruby>以心伝心<rt>いしんでんしん</rt></ruby>」（以心傳心）溝通的特徵之一，也就是說不需要語言或文字，就能傳達彼此的心意。

　　為了不損傷對方的顏面，不讓對方難堪，日本人也很喜歡使用委婉的表達方式，因此有些話會常常說到一半甚至一語帶過。例如同事問起晚上下班後要不要一去喝一杯，若想拒絕對方，又不方便說明理由時，就可回答「今日<ruby>今日<rt>きょう</rt></ruby>はちょっと……」（今天有點……），聽到這類型的回答，大部分的日本人通常都很識相，也不會打破砂鍋問到底。

　　此外，日語也常常會看到句尾是「……と思<ruby>思<rt>おも</rt></ruby>う」（我覺得……）這樣的表達方式。這也是一種婉轉的表達。隱藏的語意是這是我個人的想法，或許你有其他的意見，而其他人或許也不是這麼想等等。這也提醒我們，與日本人交談的時候，切忌單刀直入、斬釘截鐵。即使對方明確有誤，「私<ruby>私<rt>わたし</rt></ruby>は違<ruby>違<rt>ちが</rt></ruby>うと思<ruby>思<rt>おも</rt></ruby>いますけど……」（我覺得不是這樣，但……）會比「違<ruby>違<rt>ちが</rt></ruby>います」（不對）這種直接了當的說法更圓融些。給對方留點餘地，相信能讓日語的溝通更加舒適流暢。

📌 **重點提示** 請注意聽「這2個人以前是什麼關係」、「各屬於什麼社團」、「多久沒見」、「近況」。

📌 **關鍵單字** 請先記住關鍵單字，可以更容易了解MP3播放的內容。

見る **他動 1**：看　　　　　　　　久しぶり **名 ナ形 5 0**：隔了許久
み　　　　　　　　　　　　　　　　　　ひさ

立つ **自動 1**：（時間）流逝，經過
た

📌 **聽聽看 MP3-59** 請先聽一次MP3，並回答以下問題，確認聽懂了多少。

📌 **問　題** 請回答以下問題，對的打〇，錯的打×。

1. この2人は同じ学校に通っていました。（　）
　ふたり　おな　がっこう　かよ

　這2個人以前上的是同一個學校。

2. 卒業してから、もう10年ぐらい経ちました。（　）
　そつぎょう　　　　　　じゅうねん　た

　畢業之後，已經過了10年左右。

幸子：あれっ。どっかで見たことあると思ったら、野球部の俊君じゃない。

俊彦：あっ、もしかして、茶道部のさっちゃん。

幸子：やだー、久しぶり。元気だった。

俊彦：うん、元気元気。えーっと、もうどのぐらい会ってなかったっけ。

幸子：卒業してからだから、もう10年ぐらい会ってないんじゃないかな。時間が立つのって、本当に早いものね。

🎌 **中文翻譯** 對照原文，百分之百理解廣播的內容！

幸子：咦！我才在想好像在哪見過，不就是棒球社的小俊嘛！

俊彥：啊，難不成是茶道社的小幸？

幸子：哎呀，好久不見。你好嗎？

俊彥：嗯，很好很好。嗯，大概有多久沒見啦？

幸子：因為是從畢業之後，所以已經有10年沒見了吧。時間過得真是飛快啊！

🎌 **必學句型** 把下面的句型學起來，聽力原來這麼簡單！

……たことがある　曾經……（原文為口語說法，省略「が」）

ちゃんこ鍋を食べたことがありますか。

你吃過相撲鍋嗎？

🎌 **延伸學習** 把以下的單字記起來，您就是聽力達人！

ダンス部 名 3：舞蹈社

吹奏楽部 名 5：管樂社

コーラス部 名 4：合唱社

陸上部 名 3：田徑社

剣道部 名 3：劍道社

漫画研究部 名 6：漫畫研究社

前頁問題解答：1.（○），2.（○）

🎣 重點提示　請注意聽「約去哪裡」、「做什麼」、「受邀者有沒意見」、
　　　　　　「受邀者是不是很期待」。

🎣 關鍵單字　請先記住關鍵單字，可以更容易了解MP3播放的內容。

おいしい **イ形** 0 3：好吃的　　　　　<ruby>詳<rt>くわ</rt></ruby>しい **イ形** 3：精通的，熟悉的

<ruby>任<rt>まか</rt></ruby>せる **他動** 3：委託

🎣 聽聽看 MP3-60　請先聽一次MP3，並回答以下問題，確認聽懂了多少。

🎣　問　題　請回答以下問題，對的打○，錯的打×。

1. この<ruby>友人<rt>ゆうじん</rt></ruby>は<ruby>一度<rt>いちど</rt></ruby>「スイーツ<ruby>楽園<rt>らくえん</rt></ruby>」に<ruby>行<rt>い</rt></ruby>ったことがあります。（　）

　 這位朋友曾經去過一次「甜點樂園」。

2. 「スイーツ<ruby>楽園<rt>らくえん</rt></ruby>」は、<ruby>原宿<rt>はらじゅく</rt></ruby>にあるスイーツ<ruby>食<rt>た</rt></ruby>べ<ruby>放題<rt>ほうだい</rt></ruby>の<ruby>店<rt>みせ</rt></ruby>です。（　）

　 「甜點樂園」是家位於原宿、甜點吃到飽的店。

私：明日、時間ある。

友人：あるけど……。

私：何かおいしいものでも食べに行かない。

友人：いいね。おいしいところはあんまり詳しくないから、行く店はお任せするわ。

私：うーん。あっ、そうそう、「スイーツ楽園」って聞いたことある。渋谷にある食べ放題の店。あそこのスイーツ、すごく評判がいいのよ。

友人：その店なら、雑誌によく掲載されてるから知ってる。でも食べたことないから、行ってみたいな。

📌 中文翻譯　對照原文，百分之百理解廣播的內容！

我：明天有時間嗎？

朋友：有是有……。

我：要不要去吃點什麼好吃的？

朋友：好耶！好吃的地方我不太清楚，那就拜託妳囉！

我：嗯。啊！對了！妳有聽過一家叫做「甜點樂園」的嗎？是一家在澀谷吃到飽的店。那裡的甜點口碑很好喔。

朋友：那家店的話，常常上雜誌，所以我知道。不過因為沒吃過，很想去看看呢。

📌 必學句型　把下面的句型學起來，聽力原來這麼簡單！

あまり……（否定）　不太……（「あんまり」為「あまり」的口語說法）

辛い料理はあまり好きではありません。

我不太喜歡辣的料理。

📌 延伸學習　把以下的單字記起來，您就是聽力達人！

外食　名 自サ 0：外食　　　　映画　名 1 0：電影

ショッピング　名 1：購物　　　口コミ　名 0：口碑

前頁問題解答：1.（×），2.（×）

🎣 重點提示　請注意聽「和朋友有什麼約定」、「為什麼要更改時間」、
　　　　　　「希望能改到什麼時候」。

🎣 關鍵單字　請先記住關鍵單字，可以更容易了解MP3播放的內容。

約束 名 他サ 0：約定　　　　　　　　変える 他動 0：更改
やくそく　　　　　　　　　　　　　　　　　　　　　か

間に合う 自動 3：趕上，來得及
ま　あ

🎣 聽聽看 MP3-61　請先聽一次MP3，並回答以下問題，確認聽懂了多少。

🎣 問　題　請回答以下問題，對的打〇，錯的打✕。

1. この2人は、明日一緒に映画を見に行く約束をしていました。（　　）
　 ふたり　　あした いっしょ えいが　み　い　やくそく

　 這2人原本約好了明天一起去看電影。

2. 用事ができたので、友人に約束を１日伸ばしてもらいました。（　　）
　 ようじ　　　　　　　　　　ゆうじん やくそく いちにち の

　 因為有事，請朋友將約定順延一天了。

私：明日、映画を見に行く約束、してたよね。悪いけど、日にちを変えてもらえるかな。

友人：いいけど、何か用事でもできたの。

私：実は明日の夕方、急にお客さんを迎えに行くことになっちゃって。約束の時間に、間に合いそうもないんだ。

友人：それじゃ、別の日に変えたほうが無難だね。

私：うん。じゃ、あさっての同じ時間でいい。

📌 **中文翻譯** 對照原文，百分之百理解廣播的內容！

我：我們明天不是約好要去看電影嗎？不好意思，能不能改一下日期？

朋友：可以啊！有什麼事情嗎？

我：老實說是因為明天傍晚，臨時得去接客人。可能趕不上約定的時間。

朋友：那樣的話，改到別天比較安全吧。

我：嗯。那麼後天同樣的時間好嗎？

📌 **必學句型** 把下面的句型學起來，聽力原來這麼簡單！

……でも　提出某事例大概的範圍，但具有不限於該事例的語氣，常用於婉轉的表達方式

よければ、一緒にコーヒーでも飲みませんか。

可以的話，要不要一起喝杯咖啡什麼的？

📌 **延伸學習** 把以下的單字記起來，您就是聽力達人！

親戚 名 0：親戚　　　　見送る 他動 0：送行

残業 名 自サ 0：加班　　遅れる 自動 0：遲到

トラブル 名 2：麻煩，糾紛　デート 名 自サ 1：約會

前頁問題解答：1.（○），2.（○）

🐾 **重點提示**　請注意聽「人在哪裡」、「多久可以抵達目的地」、「會合地點」。

🐾 **關鍵單字**　請先記住關鍵單字，可以更容易了解MP3播放的內容。

出る **自動 1**：出發　　　　　　　待つ **他動 1**：等候

分かる **自動 2**：了解，知道

🐾 **聽聽看 MP3-62**　請先聽一次MP3，並回答以下問題，確認聽懂了多少。

🐾 **問　題**　請回答以下問題，對的打〇，錯的打╳。

1. この人は、あと10分くらいで原宿駅に着く予定です。（　）

　　這個人預定再10分鐘左右就可抵達原宿車站。

2. 2人の待ち合わせ場所は、南口のドールカフェです。（　）

　　2人會合的地點在南口的德爾咖啡。

千恵子：もしもし、千恵子です。もう駅に着いたんだけど……。

私：ごめん。今、まだ原宿。もうすぐ電車が出るところなの。あと
10分くらいでそっちに着くと思うけど……。

千恵子：どこで待てばいい。

私：じゃ、南口の改札近くにあるコーヒーショップで待っててくれる。

千恵子：ムーンカフェのこと。

私：ごめんごめん。南口の改札じゃなくて、北口だった。北口の

ドールカフェ。

千恵子：うん、分かった。

🖈 **中文翻譯** 對照原文，百分之百理解廣播的內容！

千惠子：喂，我是千惠子。我已經到車站了……。

我：對不起。我現在還在原宿。電車正要出發了。我想再10分鐘左右
就可以到妳那裡了……。

千惠子：在哪裡等好呢？

我：那麼妳可以在南剪票口附近的咖啡廳等我嗎？

千惠子：是月亮咖啡嗎？

我：對不起對不起。不是南剪票口，是北口。北口的德爾咖啡。

千惠子：嗯，我知道了。

🖈**必學句型** 把下面的句型學起來，聽力原來這麼簡單！

……動詞辭書形＋ところ 正要……

これから家に帰るところです。

現在正要回家。

🖈**延伸學習** 把以下的單字記起來，您就是聽力達人！

売店 名 ⓪：小賣店 　　　　エレベーター 名 ③：電梯

切符売り場 名 ④：售票處 　　エスカレーター 名 ④：電扶梯

前頁問題解答：1.（×），2.（×）

🎋**重點提示**　請注意聽「同事拜託小林先生什麼事情」、「最晚希望能在何時完成」、「小林先生能不能幫忙」。

🎋**關鍵單字**　請先記住關鍵單字，可以更容易了解MP3播放的內容。

　コピー 名 他サ 1 ：影印　　　　　　　　手伝う^{てつだ} 他動 3 ：幫忙
　急ぐ^{いそ} 自動 2 ：急

🎋**聽聽看 MP3-63**　請先聽一次MP3，並回答以下問題，確認聽懂了多少。

🎋　**問　題**　請回答以下問題，對的打〇，錯的打✕。

1. 小林^{こばやし}さんが頼^{たの}まれたのは会議資料^{かいぎしりょう}のコピーです。（　　）

　　小林先生被拜託的是會議資料的影印。

2. 小林^{こばやし}さんは今手^{いまて}が離^{はな}せないので、明日^{あした}の昼^{ひる}なら手伝^{てつだ}えます。（　　）

　　因為小林先生現在抽不出身，明天中午的話就可以幫忙。

同僚：あっ、小林さん、ちょっとお願いしてもいいですか。

小林：何でしょうか。

同僚：明日の会議の資料を人数分コピーしてもらえますか。

小林：お急ぎですか。今、ちょっと手が離せないんですけど……。その後でもかまわないんでしたら、手伝えますが……。

同僚：それほど急いでないんで、お願いしてもいいですか。明日のお昼までにできると、助かるんですが……。

小林：だいじょうぶですよ。おまかせください。

📌 **中文翻譯** 對照原文，百分之百理解廣播的內容！

同事：啊，小林先生，可以幫我一下忙嗎？

小林：什麼事呢？

同事：可以幫我影印明天參加人數份的會議資料嗎？

小林：很急嗎？不過現在有點分不了身……。等會兒也沒關係的話，我就可以幫忙……。

同事：因為沒有那麼急，所以可以拜託你嗎？如果明天中午之前能夠完成的話，就是幫了我大忙啊。

小林：沒問題啦！交給我吧！

📌 **必學句型** 把下面的句型學起來，聽力原來這麼簡單！

……てもいい　可以……

ここでタバコを吸ってもいいですか。

我可以在這裡抽菸嗎？

📌 **延伸學習** 把以下的單字記起來，您就是聽力達人！

取り込む **自動** 0：忙亂

至急 **名** 0：趕快

無理 **名 ナ形** 1：沒辦法

暇 **名 ナ形** 0：空暇

前頁問題解答：**1.（○）**，**2.（×）**

🎋 **重點提示**　請注意聽「女方為什麼生氣」、「男方為什麼遲到」、「男方如何取得女友的原諒」。

🎋 **關鍵單字**　請先記住關鍵單字，可以更容易了解MP3播放的內容。

見付（みつ）かる **自動** ⓪：找到，發現　　　苦労（くろう）**名 自サ** ①：辛苦

許（ゆる）す **他動** ②：原諒

🎋 **聽聽看 MP3-64**　請先聽一次MP3，並回答以下問題，確認聽懂了多少。

🎋 　**問　題**　請回答以下問題，對的打〇，錯的打×。

1. 彼女（かのじょ）は 1 時間（いちじかん）も待（ま）たされたので、すごく怒（おこ）っています。（　　）

　因為讓她足足等了1個小時，所以非常生氣。

2. 彼氏（かれし）が遅刻（ちこく）した原因（げんいん）は、事故（じこ）に巻（ま）き込（こ）まれたからです。（　　）

　男友遲到的原因，是因為被捲入事故。

📌 **廣播原文** 請再聽一次MP3，確認是不是掌握所有內容了！

彼氏（かれし）：待（ま）たせてごめん。

彼女（かのじょ）：１時間（いちじかん）も待（ま）たせて。もう来（こ）ないと思（おも）った。

彼氏（かれし）：本当（ほんとう）にごめん。渋滞（じゅうたい）に巻（ま）き込（こ）まれちゃってさ。しかも、駐車場（ちゅうしゃじょう）がなかなか見（み）つからなくて、苦労（くろう）したんだ。

彼女（かのじょ）：えーっ、車（くるま）で来（き）たの。こういう連休（れんきゅう）の時（とき）こそ、電車（でんしゃ）を使（つか）わなきゃ。

彼氏（かれし）：うん、本当（ほんとう）にごめん。今日（きょう）はご馳走（ちそう）するから、許（ゆる）して。

彼女（かのじょ）：それなら、許（ゆる）してあげる。

📌 **中文翻譯** 對照原文，百分之百理解廣播的內容！

男友：對不起讓妳久等了。

女友：你讓我足足等了1個小時。我還以為你不來了呢！

男友：真的對不起。碰到塞車。而且一直找不到停車場，費了我好大的勁啊。

女友：咦！你開車來喔！正是這種連休的時候，才非搭電車不可！

男友：嗯，真的對不起啦！今天我請妳吃飯，就原諒我吧！

女友：那樣的話，就饒了你吧！

📌 **必學句型** 把下面的句型學起來，聽力原來這麼簡單！

……なきゃ　不……的話（「……なければ」的省略，口語用法）

はっきり言（い）わなきゃ、ぜんぜん分（わ）からないよ。

不說清楚的話，我完全搞不懂啊！

📌 **延伸學習** 把以下的單字記起來，您就是聽力達人！

すっぽかす 他動 4：爽約

祝祭日（しゅくさいじつ） 名 3：國定假日

忘（わす）れる 自他動 0：忘記

込（こ）む 自動 1：擁擠，混亂

遅刻（ちこく） 名 自サ 0：遲到

タクシー 名 1：計程車

前頁問題解答：1.（○），2.（×）

🎐 **重點提示**　請注意聽「足立小姐有什麼好消息」、「是否已向大家報告」、「好事在什麼時候」。

🎐 **關鍵單字**　請先記住關鍵單字，可以更容易了解MP3播放的內容。

知らせ 名 0：消息，通知　　　　報告 名 他サ 0：報告

羨ましい イ形 5：羨慕的

🎐 **聽聽看 MP3-65**　請先聽一次MP3，並回答以下問題，確認聽懂了多少。

🎐 **問　題**　請回答以下問題，對的打〇，錯的打✕。

1. 足立さんの結婚式は6月に行われる予定です。（　）

　　足立小姐的結婚典禮預定在6月舉行。

2. 寿退社なので、同僚は羨ましがっています。（　）

　　因為是結婚圓滿離職，同事很羨慕。

📌**廣播原文** 請再聽一次MP3，確認是不是掌握所有內容了！

同僚：足立さん、いい知らせを聞きましたよ。

足立：えっ、何のことですか。

同僚：来月結婚するんですって。全然知りませんでしたよ。

足立：もうご存知なんですか。明日あたり、みんなに報告しようと思っ
ていたところなんです。

同僚：来月ということは、ジューンブライドじゃないですか。羨ましい
です。おめでとうございます。

📌**中文翻譯** 對照原文，百分之百理解廣播的內容！

同事：足立小姐，我聽到妳的好消息了。

足立：咦？什麼事情啊？

同事：聽說妳下個月結婚。我竟然都不知道呢！

足立：您已經知道啦？我正想在明天左右，跟大家報告。

同事：下個月的話，不就是6月新娘嗎？真是令人羨慕。恭喜！

📌**必學句型** 把下面的句型學起來，聽力原來這麼簡單！

……**あたり** 大約，上下，左右

来年あたりには、景気は回復に向かうでしょう。

大約在明年，景氣會朝向復甦吧。

📌**延伸學習** 把以下的單字記起來，您就是聽力達人！

入学 名 自サ 0：入學

誕生日 名 3：生日

卒業 名 自サ 0：畢業

当選 名 自サ 0：當選

全快 名 自サ 0：康復

出産 名 自サ 0：生小孩

前頁問題解答：**1.**（○），**2.**（×）

第十單元
感情的表達

女性語和男性語

　　男女有別的表達方式也是日語的特徵之一。特別是口語，即使沒聽到聲音，光看文字敘述，便可知道是男或女。男性語和女性語最大的不同可從終助詞、感嘆詞、人稱代名詞這三大特徵來看。

　　就終助詞來說，常看日劇的朋友應該可以發現男性的台詞常以「だ」、「だな」、「だぜ」、「ぞ」、「さ」來結尾，至於「わ」、「わよ」、「わね」、「の」、「のよ」、「ことよ」、「かしら」則是女性特有的語尾表現。感嘆詞方面，例如「ほう」（噢）、「おい」（喂）為男性的專用感嘆詞，「あら」（唉呀）、「まあ」（唉）、「ねえ」（喂）則是女性專用的感嘆詞。至於人稱代名詞，表示第一人稱的「俺」、「僕」、「わし」為男性專用的自稱代名詞，「あたし」或「わたくし」則為女性常用的自稱代名詞（男性也可以使用）。「あなた」、「あんた」與「君」、「お前」則分別是女性和男性常用的第二人稱代名詞。

　　就語感來說，女性語比較委婉客氣，會話中常聽到的「お酒」（酒）、「お金」（錢）、「お風呂」（澡盆，洗澡）等前面用「お」來接續的名詞，也就是美化語，便是特徵之一。反之，男性語就比較直率、粗魯甚至給人壓迫感，用來強調的「ぶん」、「ぶっ」、「くそ」等接頭語，例如「ぶん殴る」（扁）、「ぶっ倒す」（打倒）、「くそがき」（臭小鬼）都是相當粗魯的男性用語。擔心自己的日語帶粉味或粗魯失禮嗎？有機會的話多接觸一些日劇，相信很快就能抓到要領喔。

好このみのタイプ　喜好的類型

📌 重點提示　請注意聽「勝男喜歡哪種類型的女孩子」、「勝男的前任女友
　　　　　　是哪種類型」、「惠美的建議」、「勝男為什麼不想行動」。

📌 關鍵單字　請先記住關鍵單字，可以更容易了解MP3播放的內容。

タイプ 名 1：類型　　　　　　　　気分（きぶん） 名 1：心情

こりごり ナ形 副 3：受夠了，感到頭痛

📌 聽聽看 MP3-66　請先聽一次MP3，並回答以下問題，確認聽懂了多少。

📌　問　題　請回答以下問題，對的打○，錯的打×。

1. 勝男（かつお）は前（まえ）の彼女（かのじょ）みたいなおとなしい子（こ）が好（す）きです。（　　）

　　勝男喜歡像前任女友那樣乖巧的女孩子。

2. 今（いま）のところ、勝男（かつお）はまだ彼女（かのじょ）を作（つく）る気（き）がありません。（　　）

　　目前勝男孩還沒有交女朋友的心情。

勝男：あの子、ちょっと可愛くない。

恵美：うん。勝男君、ああいうアイドル風の可愛子ちゃんがタイプだもんね。

勝男：さすがは恵美ちゃん。俺のこと、よく理解してる。彼女にするなら、あの子みたいな、おとなしそうなのがいいよね。前の彼女みたいなやかましいのは、もうこりごりだよ。

恵美：声、かけてみたら。彼女が欲しいんなら、ちょっとは積極的にならなきゃ。

勝男：いいよ。不審者と思われるのはいやだし、それに俺、今はまだそういう気分じゃないんだ。

中文翻譯 對照原文，百分之百理解廣播的內容！

勝男：那女孩蠻可愛的吧？

恵美：嗯。那種偶像般的可愛女孩是勝男喜歡的類型吧！

勝男：不愧是恵美。真了解我。做女朋友的話，要像那個女孩那樣看起來很乖巧的才好。像前任女友那麼囉嗦的，我已經受夠了。

恵美：去搭訕看看嘛。想要女朋友的話，不積極點怎麼行。

勝男：算了吧。我討厭被認為是行動可疑的人物，再說，現在還沒那種心情啦。

必學句型 把下面的句型學起來，聽力原來這麼簡單！

……そう　看起來好像……

このケーキはすごくおいしそうです。

這蛋糕看起來好像很好吃的樣子。

延伸學習 把以下的單字記起來，您就是聽力達人！

おおらか **ナ形** 2：大方　　　暗い **イ形** 0：陰沉的

前頁問題解答：1.（×），2.（○）

📌重點提示　請注意聽「妹妹為什麼吃醋」、「哥哥怎麼回答」、「妹妹對
　　　　　　媽媽有什麼不滿」。

📌關鍵單字　請先記住關鍵單字，可以更容易了解MP3播放的內容。

買う **他動** 0：買　　　　　　　　分際 **名** 0 3：身分

図々しい **イ形** 5：厚臉皮的

📌聽聽看 **MP3-67**　請先聽一次MP3，並回答以下問題，確認聽懂了多少。

📌　問　題　請回答以下問題，對的打○，錯的打×。

1. この日、兄と母は2人で合わせて 3 着もの服を買いました。（　　）

　　這天，哥哥和媽媽2人居然一共買了3件衣服。

2. 妹 は自分の服を買ってもらえなかったので、不満です。（　　）

　　妹妹因為沒買自己的衣服所以不滿。

妹：2人とも、買いすぎなんじゃない。今日は別に特別な日でもないのにさ。お母さんなんて、３着も買ったんだよ、３着も。

兄：いいじゃん、親のお金なんだから。

妹：それはそうだけど……。

兄：買ってもらってる分際で、図々しいよ。お前だってよく買ってもらってるじゃないか。

妹：そんなことないよ。最近は全然買ってもらってないもん。お母さん、お兄ちゃんにばっかり買ってあげて。ずるいよ。

📌 **中文翻譯** 對照原文，百分之百理解廣播的內容！

妹妹：你們2個人不會買太多了嗎？今天也不是什麼特別的日子。媽媽竟買了3件呢！3件！

哥哥：有什麼關係，那是媽的錢啊！

妹妹：雖然有理……。

哥哥：妳是人家買給妳的身分，太厚臉皮了吧！再說不是也常買給妳嗎？

妹妹：才沒有呢！最近都沒買給我呀。媽媽光買給哥哥。好狡猾喔。

📌 **必學句型** 把下面的句型學起來，聽力原來這麼簡單！

……すぎ　太……

あまりにも食べすぎて、おなかが苦しいです。

實在吃太多了，肚子好難受。

📌 **延伸學習** 把以下的單字記起來，您就是聽力達人！

給料日 名 ③：發薪日　　　　　むかつく 自動 ⓪：生氣

羨ましい イ形 ⑤：令人羨慕的　　文句 名 ①：牢騷

前頁問題解答：1.（×），2.（○）

📌重點提示 請注意聽「朋友稱讚夕子小姐什麼」、「如何稱讚」、「夕子
小姐如何回答」、「被稱讚的東西有什麼特別」。

📌關鍵單字 請先記住關鍵單字，可以更容易了解MP3播放的內容。

似合う 自動 2：合適　　　　　　ほめる 他動 2：稱讚
に あ

特注品 名 0：特別訂製的東西
とくちゅうひん

📌聽聽看 MP3-68 請先聽一次MP3，並回答以下問題，確認聽懂了多少。

📌 問 題 請回答以下問題，對的打〇，錯的打×。

1. そのコートは特注品ですが、値段はかなりお得です。（ ）
　　　　　　とくちゅうひん　　　ね だん　　　　　　　とく

　那件大衣雖然是特別訂做的，但價錢相當實惠。

2. そのコートは旦那さんに内緒で買ったものです。（ ）
　　　　　　　　だん な　　　ないしょ　か

　那件大衣是瞞著先生買的。

友人：すてきなコートね。とても似合ってるわ。

夕子：本当。そんなこと言ってもらって、すごく嬉しい。このデザイン、とても気に入ってるの。

友人：まるでモデルさんみたい。こういう着こなしって、おしゃれ上手の夕子さんならではよね。まねしたいわ。

夕子：そんなにほめたって、何も出ないわよ。

友人：ところで、これ、どこで買ったの。なかなか見ないデザインだけど。

夕子：実はこれ、特注品で完全一点物なの。主人には内緒だけど、かなりいいお値段だったのよ。

📌 中文翻譯 對照原文，百分之百理解廣播的內容！

朋友：好漂亮的外套啊！真合適呀！

夕子：真的嗎？很高興聽妳這麼說！我很喜歡這個設計。

朋友：簡直就像模特兒一樣。像這樣的穿著，只有會打扮的夕子才行呢！真想模仿啊！

夕子：即使妳如此誇讚，也不會有好處喔。

朋友：話說回來，這在哪裡買的啊？相當罕見的設計呢。

夕子：老實說，這是特別訂作、絕無僅有的一件喔。我可是瞞著老公，價值相當不斐呢。

📌 必學句型 把下面的句型學起來，聽力原來這麼簡單！

なかなか……（否定） 很難……

ドリアンは日本ではなかなか食べられない果物です。

在日本，榴槤是很難吃得到的水果。

📌 延伸學習 把以下的單字記起來，您就是聽力達人！

貶す 他動 0：貶低，漏氣　　　　　ブランド物 名 0：名牌貨

前頁問題解答：1.（×），2.（○）

📌 **重點提示**　請注意聽「木村先生為什麼失望」、「朋友如何鼓勵他」、
　　　　　　　「最後以什麼方式替木村先生打氣」。

📌 **關鍵單字**　請先記住關鍵單字，可以更容易了解MP3播放的內容。

　残念 **ナ形** 3 ：遺憾　　　　　　　　がっかり **副** **自サ** 3 ：失望
　ざんねん

　減る **自動** 0 ：減少，餓
　へ

📌 **聽聽看 MP3-69**　請先聽一次MP3，並回答以下問題，確認聽懂了多少。

📌 **問　題**　請回答以下問題，對的打〇，錯的打✕。

1. 木村さんは試験に失敗して落ち込んでいます。（　　）
　きむら　　　　しけん　しっぱい　　　お　こ

　木村先生因為考試失敗而感到意志消沉。

2. 木村さんは食べる暇がないので、お腹がぺこぺこです。（　　）
　きむら　　　た　　　ひま　　　　　　　なか

　木村先生因為沒時間吃飯而飢腸轆轆。

木村：かなり頑張ったんだけど、やっぱりだめだった。がっかり。

友人：残念だったね。でもさ、今回は合格できなかったけど、来年また
　　　チャンスがあるんだからさ。気を落とさないで、また頑張ろう。
　　　木村なら、絶対だいじょうぶだよ。

木村：ありがとう。ごめんね、気を使わせちゃって。

友人：気なんてぜんぜん使ってないよ。

木村：うん。悔しいけど、これをバネにしてこれからもっと頑張るよ。

友人：そう、そう。くよくよしてる暇があったら、おいしいものでも食
　　　べて力をつけてさ、また頑張ろう。

木村：うん。なんだかお腹が減ってきたよ。

📌 **中文翻譯** 對照原文，百分之百理解廣播的內容！

木村：雖然相當盡力了，還是不行。好失望！
朋友：真的很遺憾。不過啊，這次雖然不能及格，明年還是有機會的啦！
　　　別喪氣再加油囉！木村的話，絕對沒問題的！
木村：謝謝。不好意思，讓你操心了。
朋友：我一點也沒操心啦！
木村：嗯。雖然很遺憾，把這個當作動力，以後更加努力囉！
朋友：對！對！如果有時間悶悶不樂的話，還不如吃點好吃的東西補充元
　　　氣，再加油吧！
朋友：嗯。不知不覺肚子餓了起來呢！

📌 **必學句型** 把下面的句型學起來，聽力原來這麼簡單！

……にして　當做……

人をばかにするのはよくありません。

把別人當傻瓜不好。

前頁問題解答：1.（○），2.（×）

70 怒り・愚痴　生氣・抱怨

🎣 **重點提示**　請注意聽「朋友為什麼生氣」、「說話者如何勸慰」、「朋友的反應」。

🎣 **關鍵單字**　請先記住關鍵單字，可以更容易了解MP3播放的內容。

陰 名 🚹：暗地裡　　　　　　　　　　誤解 名 他サ 0：誤會

絶交 名 自サ 0：絕交

🎣 **聽聽看 MP3-70**　請先聽一次MP3，並回答以下問題，確認聽懂了多少。

🎣 **問　題**　請回答以下問題，對的打〇，錯的打×。

1. 友人は悪口を言われたことで、怒っています。（　）

　朋友因為被人說壞話而生氣。

2. 友人は怒るばかりで、人の忠告を聞き入れようともしません。（　）

　朋友光是生氣，也不想聽人的忠告。

友人：まったくもう、頭に来た。自分のことは棚にあげてさ。よくあん
　　　なことが言えるわよね。あー、腹立つ。

私：どうしたんだよ。そんなに怒って。お前らしくないよ。

友人：だってさ、本当にひどいんだもん。香奈ちゃん。陰で私の悪口
　　　言ってるんだって。それも、根も葉もないこと。最低だと思わな
　　　い。もう彼女とは絶交だよ。絶交。

私：そんなに感情的にならないでさ。もしかしたら、誤解かもしれな
　　　いし。

友人：人ごとだと思って。

📌 中文翻譯 對照原文，百分之百理解廣播的內容！

朋友：實在是令人火大。也不想想看自己，那種事情竟然說得出口喔！
　　　啊，真令人生氣！

我：怎麼啦！那麼生氣。不像妳耶！

朋友：就是很過分呀！香奈！聽說在暗地裡說我的壞話。而且是無憑無據
　　　的事情。你不認為很差勁嗎？我要和她絕交啦！絕交！

我：別那麼衝動嘛！搞不好是誤會也說不定。

朋友：反正你覺得事不關己。

📌 必學句型 把下面的句型學起來，聽力原來這麼簡單！

……かもしれない　　或許……

ひょっとすると、来週福岡へ出張するかもしれません。

搞不好，下星期會去福岡出差也說不定。

📌 延伸學習 把以下的單字記起來，您就是聽力達人！

嘘 名 ①：謊言　　　　　　　　　仲直り 名 自サ ③：和好

📌**重點提示**　請注意聽「朋友為什麼吃驚」、「文中提及的紀子為什麼離婚」、「2人對男人的看法」。

📌**關鍵單字**　請先記住關鍵單字，可以更容易了解MP3播放的內容。

つぎこむ　**他動 3**：投注　　　　　<ruby>決<rt>き</rt></ruby>めつける　**他動 4**：斷言

<ruby>浮気<rt>うわき</rt></ruby>　**名 自サ ナ形 0**：外遇，用情不專

📌**聽聽看 MP3-71**　請先聽一次MP3，並回答以下問題，確認聽懂了多少。

📌　**問　題**　請回答以下問題，對的打○，錯的打×。

1. この<ruby>友人<rt>ゆうじん</rt></ruby>はある<ruby>芸能人<rt>げいのうじん</rt></ruby>が<ruby>挙式<rt>きょしき</rt></ruby><ruby>披露宴<rt>ひろうえん</rt></ruby>に5<ruby>億円<rt>おくえん</rt></ruby>もつぎこんだことを<ruby>聞<rt>き</rt></ruby>いて、<ruby>驚<rt>おどろ</rt></ruby>きました。（　　）

   這位朋友因為聽說某個藝人竟在婚宴投注了5億日圓而吃驚。

2. 2<ruby>人<rt>ふたり</rt></ruby>の<ruby>離婚<rt>りこん</rt></ruby>の<ruby>原因<rt>げんいん</rt></ruby>は<ruby>夫<rt>おっと</rt></ruby>の<ruby>借金<rt>しゃっきん</rt></ruby>だそうです。（　　）

   2人離婚的原因據說是丈夫的借款。

友人：驚いた。藤原紀子が離婚するなんて。

私：うそ。あの挙式披露宴に5億円もつぎこんだ藤原紀子。

友人：そうなんだよ。離婚の原因は、夫の浮気なんだって。信じられないよ。

私：あんなに綺麗な奥さんがいて、どうして浮気するわけ。男って、これだからいやよね。

友人：おいおい、男なら誰でも浮気するってわけじゃないだろ。決めつけるなよ。

私：男なんて、みんなそんなものよ。藤原紀子、かわいそう。

中文翻譯 對照原文，百分之百理解廣播的內容！

朋友：嚇我一跳！藤原紀子竟然離婚了！

我：真的假的！你是說那個婚宴投注了5億日圓的藤原紀子？

朋友：是的。離婚的原因據說是丈夫的外遇。真令人無法相信啊！

我：有那麼漂亮的老婆，為什麼還搞外遇啊？男人哪，就是這樣才讓人討厭。

朋友：喂喂，並不是所有的男人都搞外遇耶。別一竿子打翻一條船嘛！

我：男人都是那樣啦！藤原紀子好可憐。

必學句型 把下面的句型學起來，聽力原來這麼簡單！

……なんて 表意外或輕視的語氣

あなたの慰めなんてけっこうです。

我不需要你的安慰。

延伸學習 把以下的單字記起來，您就是聽力達人！

家庭内暴力 名 6：家暴　　別居 名 自サ 0：分居

前頁問題解答：1.（×），2.（×）

第十一單元
困擾

我的字典沒有的語彙

　　相信很多朋友有這樣的困擾，那就是有許多出現新聞雜誌上的語彙在字典上查不到。日本不論是在政治、科技、經濟還是社會文化，各方面的相關語彙日新月異、變化的腳步非常迅速。例如2011年在日本全面執行不久的「地デジ」（地上波數位廣播）或近年來迅速普及的「スマートフォン」（智慧型手機；也可簡稱為「スマホ」），為了表達這些新事物、新概念，新語自然因應而生。就2007年《廣辭苑》（日本最據權威和信賴度的辭典）重新改訂，就新增了1萬多條項目來看，可見其變化之大。

　　而最能反映當時社會狀況、引人共鳴的流行語也不斷在更新當中。流行語多半是經由政治家、藝人、作家等著名人士或媒體而產生。像前幾年名噪一時的「草食男子」（草食男）、「干物女」（魚干女）、「負け犬」（敗犬），相信大家都還記憶猶新。這些歷時尚淺的新語、流行語，幾乎都是目前日華字典查不到的語彙。

　　此外，還要注意的是經不起時代考驗、被人遺忘的「死語」（已經不被使用的語彙）和「差別語」（帶有歧視的語彙）。因人權、女權意識的高漲，許多和殘障人士、職業或女性有關的表達也都有了修正。如「めくら」（瞎子）要改成「目が見えない人」（眼睛看不見的人）、「スチュワーデス」（空中小姐）要改成「フライトアテンダント」（空服員）等等，在不久的將來這些語彙也會從字典消失吧。

🎣 重點提示　請注意聽「患者的症狀」、「初診病患需要什麼手續」、「在哪裡候診」。

🎣 關鍵單字　請先記住關鍵單字，可以更容易了解MP3播放的內容。

初めて 副 ②：初次　　　　　　　　呼ぶ 他動 ⓪：叫
はじ　　　　　　　　　　　　　　　　　　　　　　よ
申し込み用紙 名 ⑥：申請表格
もう　こ　ようし

🎣 聽聽看 MP3-72　請先聽一次MP3，並回答以下問題，確認聽懂了多少。

🎣 　問　題　請回答以下問題，對的打○，錯的打╳。

1. この患者さんの症状は吐き気と下痢です。（　）
　かんじゃ　　しょうじょう　は　け　げり
　這位患者的症狀為噁心和拉肚子。

2. この患者さんが受診する診察室は３番です。（　）
　かんじゃ　　じゅしん　しんさつしつ　さんばん
　這位患者受診的診察室是3號。

📌 **廣播原文** 請再聽一次MP3，確認是不是掌握所有內容了！

受付：おはようございます。今日はどうされましたか。

患者：鼻水と咳が止まらなくて……。

受付：当院は初めてですか。

患者：はい、そうです。

受付：それでは、まずこの診察申し込み用紙に必要事項をご記入ください。このあと順番にお名前をお呼びしますので、2番診察室の前でお掛けになってお待ちください。

📌 **中文翻譯** 對照原文，百分之百理解廣播的內容！

櫃檯：您早。您今天哪裡不舒服？

患者：鼻水和咳嗽不止……。

櫃檯：第一次來我們醫院嗎？

患者：是的。

櫃檯：那麼，請先在這張初診單填入必要的事項。等會兒會按照順序叫您的名字，請在2號診察室前稍坐等候。

📌 **必學句型** 把下面的句型學起來，聽力原來這麼簡單！

初めて……　第一次……

こんなにおいしい牛肉を食べたのは初めてです。

第一次吃到這麼好吃的牛肉。

📌 **延伸學習** 把以下的單字記起來，您就是聽力達人！

くしゃみ 名2：噴嚏

頭痛 名0：頭痛

胃もたれ 名2：胃脹

食あたり 名自サ03：食物中毒

寒気 名3：發冷

めまい 名自サ2：頭暈

前頁問題解答：1.（╳），2.（╳）

📌 **重點提示**　請注意聽「患者的症狀」、「什麼時候開始」、「醫師診察的過程」。

📌 **關鍵單字**　請先記住關鍵單字，可以更容易了解MP3播放的內容。

詰まる **自動** ② ：堵塞不通　　　　　　　腫れる **自動** ⓪ ：腫
つ　　　　　　　　　　　　　　　　　　　　は

測る **他動** ② ：測量
はか

📌 **聽聽看 MP3-73**　請先聽一次MP3，並回答以下問題，確認聽懂了多少。

📌 **問　題**　請回答以下問題，對的打○，錯的打×。

1. この患者さんの症状が出始めたのは先週くらいからです。（　　）
　 かんじゃ　　しょうじょう　で はじ　　　　　　せんしゅう

　 這位患者的症狀是從上星期左右開始出現的。

2. この患者さんは出かけたときに、 ３８度以上の熱がありました。（　　）
　 かんじゃ　　　　で　　　　　　　　さんじゅうはち ど い じょう　ねつ

　 這位患者出門的時候，發燒到38度以上。

📌 **廣播原文** 請再聽一次MP3，確認是不是掌握所有內容了！

医者：今日はどうなさいましたか。

患者：鼻が詰まっていて、息が苦しいんです。

医者：いつからですか。

患者：3週間くらい前からです。でも、先週頃からだいぶひどくなって
きて……。

医者：ちょっと喉を見せてください。お口を大きく開けて、あー
ん……。喉が腫れて赤くなってますね。シャツを上げて、背中
を出してください。大きく息を吸って、吐いて、吸って、吐い
て……。お熱はありますか。

患者：出かける前に測ったら、３８度5分でした。

📌 **中文翻譯** 對照原文，百分之百理解廣播的內容！

醫師：今天哪裡不舒服呢？

患者：鼻塞、呼吸困難。

醫師：從什麼時候開始的呢？

患者：差不多3個禮拜之前。不過從上個星期左右就變得相當嚴重……。

醫師：請讓我看一下喉嚨。盡量把嘴巴張大，啊……。喉嚨又紅又腫呢。
請把襯衫拉高露出背部。用力吸氣，吐氣，吸氣，吐氣……。有發
燒嗎？

患者：出門之前量了一下，38.5度。

📌 **必學句型** 把下面的句型學起來，聽力原來這麼簡單！

名詞＋に / ナ形容詞語幹＋に / イ形容詞連用形＋なる　變得……

彼は年をとるに連れて、ますます頑固になりました。

他隨著年齡的增長，變得越來越頑固了。

前頁問題解答：1.（×），2.（○）

📌 重點提示　請注意聽「醫師開哪些藥」、「幾天份」、「吃藥的時間」。

📌 關鍵單字　請先記住關鍵單字，可以更容易了解MP3播放的內容。

処方箋　名 0：處方箋
しょほうせん

預かる　他動 3：收存
あず

飲む　他動 1：吃藥，喝
の

📌 聽聽看 MP3-74　請先聽一次MP3，並回答以下問題，確認聽懂了多少。

📌 問　題　請回答以下問題，對的打○，錯的打×。

1. 本日処方されたのは咳止めと解熱の薬です。　（　）
ほんじつしょほう　　　　せきど　　げねつ　くすり

　　今天開的是止咳和退燒藥。

2. 薬は朝、昼、晩の食後に飲みます。　（　）
くすり　あさ　ひる　ばん　しょくご　の

　　藥在早上、中午、晚上飯後服用。

受付：おはようございます。処方箋をお預かりいたします。お薬ができ
あがりましたら、お名前をお呼びいたしますので、少々お待ち
ください。……大変お待たせいたしました。本日は咳止め、抗生
物質のお薬を2種類、4日分出し<u>てあります</u>。1日に3回、朝、
昼、晩の食後にお飲みください。

客：分かりました。

受付：それじゃ、お大事に。

中文翻譯 對照原文，百分之百理解廣播的內容！

櫃檯：您早。收您的處方箋。藥好了會叫您的名字，請稍待一下。……讓
您久等了。今天開的有止咳和抗生素2種藥、4天份。請1天3次在早
上、中午、晚上的飯後服用。

客人：我知道了。

櫃檯：那麼，請多保重。

必學句型 把下面的句型學起來，聽力原來這麼簡單！

……てあります 他動詞＋てある，表示動作後的結果狀態

テーブルに花が飾っ<u>てあります</u>。

桌上裝飾有花。

延伸學習 把以下的單字記起來，您就是聽力達人！

下剤 名 0：瀉藥　　　　　　　うがい薬 名 4：漱口藥水
鎮痛剤 名 0：止痛藥　　　　　食前 名 0：飯前
整腸薬 名 3：整腸藥　　　　　食間 名 0：二餐之間

前頁問題解答：1.（×），2.（○）

🐾 **重點提示**　請注意聽「說話者為什麼煩惱」、「什麼事情會特別麻煩」、「朋友建議的處理方式」。

🐾 **關鍵單字**　請先記住關鍵單字，可以更容易了解MP3播放的內容。

お
落とす 他動 2 ：遺失，丟掉

あくよう
悪用 名 他サ 0 ：盗刷，濫用

さいはっこう
再発行 名 他サ 3 ：重新發行

🐾 **聽聽看 MP3-75**　請先聽一次MP3，並回答以下問題，確認聽懂了多少。

🐾 **問　題**　請回答以下問題，對的打〇，錯的打×。

お　　　　　さいふ　なか　　　　　　　　　　　　　　　　　　　　　たいきん　はい
1. **落とした財布の中には、クレジットカードのほかに大金も入っています。**（　）

遺失的錢包裡除了信用卡，還有很多錢。

あくようぼうし　　　　　　　　　　　　　　　　　　　　　　　　　　けいさつ　　とど
2. **悪用防止のため、クレジットカードをなくしたら、すぐ警察に届けなけ**

ればなりません。（　）

為了防止盗刷，如果信用卡不見了，要馬上去報警。

私：どうしよう。財布がない。どっかに落としちゃったみたい。

友人：クレジットカードが入ってるんじゃない。

私：うん。お金はほとんどなかったと思うけど、カードはちょっとやばいわよね。あー、どうしよう。

友人：早速、カード会社の紛失窓口に連絡しよう。すぐカードを止めてもらわないと、悪用される可能性があるから。それが終わったら、最寄りの警察署に行って、紛失届けの証明書をお願いすること。あとは、カード会社に再発行してもらえばいいだけだから。だいじょうぶ。

私：ありがとう。心強いわ。さすが経験者は頼りがいがあるわね。

📌 **中文翻譯** 對照原文，百分之百理解廣播的內容！

我：怎麼辦？錢包不見了。好像掉到哪兒去了。

朋友：裡面是不是有信用卡？

我：嗯。我想裡面幾乎沒什麼錢，但是信用卡就蠻危險的對吧！啊～，怎麼辦呢？

朋友：趕緊跟信用卡公司的遺失窗口聯絡吧！如果不馬上請他們幫你辦理卡片停用，就有可能會被盜刷。辦好之後，再去就近的警察局開遺失申報證明書。然後，請信用卡公司重新發卡就好了。所以沒問題的。

我：謝謝。有你我真放心。真不愧是有經驗的人，很值得信賴呢！

📌 **必學句型** 把下面的句型學起來，聽力原來這麼簡單！

……てもらう　承蒙、請對方為自己做某事

夜道は怖いから、父に迎えに来てもらいます。

因為夜路很恐怖，我請爸爸來接我。

前頁問題解答：1.（×），2.（×）

76 忘れ物の問い合わせ　遺失物的查詢

🐛重點提示　請注意聽「遺失者掉了甚麼東西」、「遺失物有什麼特徵」、
　　　　　「有沒有人撿到」、「結果如何處理」。

🐛關鍵單字　請先記住關鍵單字，可以更容易了解MP3播放的內容。

届く【自動】2：送抵　　　　　　　　忘れる【他動】0：忘記

付く【自動】1 2：附有

🐛聽聽看 MP3-76　請先聽一次MP3，並回答以下問題，確認聽懂了多少。

🐛　問　題　　請回答以下問題，對的打〇，錯的打✕。

1. 落とした携帯には、ポケモンの携帯ストラップが付いています。（　）

　遺失的行動電話附有神奇寶貝的手機吊飾。

2. その携帯は今のところまだ見付かっていません。（　）

　那支行動電話目前還沒找到。

廣播原文 請再聽一次MP3，確認是不是掌握所有內容了！

紛失者：すみません。今日、そちらに携帯電話の忘れ物が届きませんでしたか。

係り：携帯電話ですか。何色の携帯ですか。

紛失者：赤です。ドラえもんの携帯ストラップが付いてるんですが……。電車の中に忘れたんじゃないかと思うんですが……。

係り：少々お待ちください。……うーん、残念ですが、今のところまだ届いていませんね。よろしければ、お名前と電話番号を教えてください。見付かりましたら、即お知らせします。

中文翻譯 對照原文，百分之百理解廣播的內容！

失主：對不起。請問今天有沒有遺失的行動電話送到那裡去？

工作人員：行動電話嗎？什麼顏色的行動電話？

失主：紅色。附有哆啦A夢的手機吊飾……。我想可能是掉在電車裡了……。

工作人員：請稍等一下……。嗯，很遺憾，現在還沒有人送來。方便的話，請告訴我您的姓名和電話。發現的話，會馬上通知您。

必學句型 把下面的句型學起來，聽力原來這麼簡單！

……と思う　我想……

こんなまずいところには、もう二度と来ないと思います。

這麼難吃的地方，我想不會再來了。

延伸學習 把以下的單字記起來，您就是聽力達人！

黒 名 1：黑色　　　　　黄色 名 ナ形 0：黃色

白 名 1：白色　　　　　紺 名 1：深藍色

水色 名 0：淺藍色　　　ピンク 名 1：粉紅色

前頁問題解答：1.（×），2.（○）

77 会計ミス　算錯錢
かいけい

📌 **重點提示**　請注意聽「哪裡算錯了」、「算錯多少錢」。

📌 **關鍵單字**　請先記住關鍵單字，可以更容易了解MP3播放的內容。

間違う 自動 **3**：弄錯　　　　　　　頼む 他動 **2**：點
まちが　　　　　　　　　　　　　　　　　　　たの

ミス 名 自サ **1**：錯誤，失敗

📌 **聽聽看 MP3-77**　請先聽一次MP3，並回答以下問題，確認聽懂了多少。

📌 **問　題**　請回答以下問題，對的打○，錯的打×。

1. このお客さんは、ビールの注文もカルビの追加もしていません。（　）
　　 きゃく　　　　　　　　　ちゅうもん　　　　　ついか

　　 這位客人既沒有點啤酒，也沒有追加五花肉。

2. 店のミスで、１５００円も多く取られました。（　）
　　 みせ　　　　　　せんごひゃくえん　おお　と

　　 因為店家的失誤，竟被多收了1500日圓。

客：あのー、会計が間違ってるようですが……。ビールは頼んでない
し、カルビの追加もしてないですよ。

店員：恐れ入りますが、レシートを拝見できますか。

客：はい、これです。

店員：こちらのミスです。大変失礼いたしました。そうしますと、
1200円のお返しになりますね。本当に申し訳ございませんでし
た。

中文翻譯 對照原文，百分之百理解廣播的內容！

客人：嗯，錢好像算錯了……。我既沒有點啤酒，也沒追加五花肉喔！

店員：對不起，能讓我看一下您的收據嗎？

客人：好的，在這裡。

店員：這是我們的失誤。真是抱歉。這樣的話，得還給您1200日圓。真的
非常抱歉。

必學句型 把下面的句型學起來，聽力原來這麼簡單！

……し、……も 既……，也……

日本に行ったら、おいしいものも食べたいし、ショッピングもしたいです。

去了日本，我既想吃好吃的東西，也想血拼。

延伸學習 把以下的單字記起來，您就是聽力達人！

焼酎 名 3：燒酒　　　　　　ロース 名 1：里肌肉

日本酒 名 0：日本酒　　　　ピートロ 名 0：松阪豬肉

サワー 名 1：沙瓦　　　　　上ミノ 名 0：上等毛肚

前頁問題解答：**1.（○），2.（×）**

MEMO

國家圖書館出版品預行編目資料

每天10分鐘，聽聽日本人怎麼說　修訂二版 / 林潔珏著
--修訂二版--臺北市：瑞蘭國際, 2017.01
192面；17 x 23公分 -- （元氣日語系列；34）
ISBN：978-986-94052-8-7（平裝附光碟片）
1.日語 2.會話

803.188　　　　　　　　　　　　106000363

元氣日語系列 34

每天10 聽聽日本人怎麼說 修訂二版

作者｜林潔珏・責任編輯｜王愿琦、葉仲芸
校對｜林潔珏、こんどうともこ、王愿琦

日語錄音｜杉本好美、福岡載豐・錄音室｜不凡數位錄音室
封面設計｜劉麗雪・版型設計｜余佳憓・排版｜帛格有限公司、余佳憓
美術插畫｜Ruei Yang

董事長｜張暖彗・社長兼總編輯｜王愿琦・主編｜葉仲芸
編輯｜潘治婷・編輯｜紀珊・編輯｜林家如・編輯｜何映萱・設計部主任｜余佳憓
業務部副理｜楊米琪・業務部組長｜林湲洵・業務部專員｜張毓庭
編輯顧問｜こんどうともこ

法律顧問｜海灣國際法律事務所　呂錦峯律師

出版社｜瑞蘭國際有限公司・地址｜台北市大安區安和路一段104號7樓之1
電話｜(02)2700-4625・傳真｜(02)2700-4622・訂購專線｜(02)2700-4625
劃撥帳號｜19914152 瑞蘭國際有限公司・瑞蘭網路書城｜www.genki-japan.com.tw

總經銷｜聯合發行股份有限公司・電話｜(02)2917-8022、2917-8042
傳真｜(02)2915-6275、2915-7212・印刷｜宗祐印刷有限公司
出版日期｜2017年01月修訂二版1刷・定價｜350元・ISBN｜978-986-94052-8-7